● 丛书主编　庆振轩

故事里的文学经典

辽金元文

张增吉　著

兰州大学出版社

图书在版编目（ＣＩＰ）数据

故事里的文学经典. 辽金元文 / 张增吉著. -- 兰州：
兰州大学出版社，2014.7
ISBN 978-7-311-04503-6

Ⅰ．①故… Ⅱ．①张… Ⅲ．①古典散文－文学欣赏－
中国－辽宋金元时代 Ⅳ．①I207.62

中国版本图书馆CIP数据核字(2014)第158314号

策划编辑　张　仁
责任编辑　张　仁　武素珍
装帧设计　张友乾

书　　名　**故事里的文学经典　辽金元文**
作　　者　张增吉 著
出版发行　兰州大学出版社　（地址：兰州市天水南路222号　730000）
电　　话　0931-8912613(总编办公室)　0931-8617156(营销中心)
　　　　　0931-8914298(读者服务部)
网　　址　http://www.onbook.com.cn
电子信箱　press@lzu.edu.cn
印　　刷　兰州德辉印刷有限责任公司
开　　本　710 mm×1020 mm　1/16
印　　张　10.25
字　　数　156千
版　　次　2014年7月第1版
印　　次　2014年7月第1次印刷
书　　号　ISBN 978-7-311-04503-6
定　　价　21.00元

学海无涯乐作舟

——"故事里的文学经典"系列序言

北宋文坛领袖欧阳修曾说:

> 立身以求学为先,求学以读书为要。

欧阳修是一位政治家、思想家、改革家,也是一位教育家,他认为人生如果要有一番作为,就要努力求学读书。千余年过去,时至今日,立志向学,勤奋读书,教育强国,已经形成社会共识。然而读什么书,如何读书,依然是许多人困惑和思考的问题。

人们常说"开卷有益",又说"好书不厌百回读",所谓的好书、有益的书,应该指的是经典作家的经典作品。何谓经典? 瑞士作家赫尔曼·黑塞在《获得教养的途径》中认为,经典作品是"我正在重读",而不是"我正在读"的书。人文学科都有各自的经典作家和经典作品,诸如"哲学经典"、"史学经典"、"文学经典"等等。范仲淹曾经说过:"劝学之要,莫尚宗经。宗经则道大,道大则才大,才大则功大。"(《上时相议制举书》)儒家把《诗经》、《尚书》、《仪礼》、《乐经》、《周易》、《春秋》尊为"六经",文人学士研修经典的目的是为了经世致用,"六经之旨不同,而其道同归于用"。"故深于《易》者长于变,深于《书》者长于治,深于《诗》者长于风,深于《春秋》者长于断,深于《礼》者长于制,深于《乐》者长于性。"(陈舜俞《说用》)范仲淹与其再传弟子陈舜俞都是从造就经邦济世的通才、大才的角度论述儒家经典的。但古人研读经典,由于身份不同、目的不同,取径也不尽相同。郭绍虞在《中国文学批评史》中指出:"古文家、道学家和政治家一样的宗经,但是古文家于经中求其文,道学家于经中求其道,而政治家则于经中求其用。"

就文学经典而言,文学经典指的是具有深厚的人文意蕴和永恒的艺术价值,为一代又一代读者反复阅读、欣赏、接受和传承,能够体现民族审美风尚和美学精神,具有广阔的阐释空间和当代存在性,能不断与读者对话,并带来新的

辽金元文

·001·

发展,让读者在静观默想中充分体现主体价值的典范性权威性文学作品。"经也者,恒久之至道,不刊之鸿论。"(刘勰《文心雕龙·宗经》)

由于经典之作要经历时间和读者的检验,所以经典作家、经典作品经典化的过程会给我们一些有益的启示:读者和作家一起赋予了经典文学的经典含义。即就宋词而言,词体始于隋末唐初,发展于晚唐五代,极盛于两宋。但在宋代,词乃小道,不登大雅之堂,终宋一代,宋词从未取得与诗文同等的地位。欧阳修在《归田录》中曾记载:

> 钱思公(惟演)虽生长富贵,而少所嗜好。在西洛时,尝语僚属言:平生唯好读书,坐则读经史,卧则读小说,上厕则读小词。盖未尝顷刻释卷也。

虽然欧阳修之意在赞扬钱惟演好读书,但言及词则曰"小词",且小词乃上厕所所读,则其地位可知。即就宋代词坛之大家如苏轼,在被贬黄州时,为避谤避祸,开始大量作词;辛弃疾于痛戒作诗之时从未中断写词的事实,也可略知其中信息。直至后世的读者研究者,越来越感知和发现了词体的独特的魅力——"词之为体,要眇宜修,能言诗之所不能言,而不能尽言诗之所能言。诗之境阔,词之言长"(王国维《人间词话》),才把词坛之苏辛,视如诗坛之李杜,赋予了宋词与唐诗相提并论的地位。

其他文体中如元杂剧之《西厢记》、章回小说之《水浒传》,也曾被封建卫道士视为"诲盗诲淫"之洪水猛兽而遭到禁毁,但名著本身的价值、读者的喜爱和历史的检验,奠定了它们经典之作的地位。

在一些经典作品经典化的过程中,读者甚至参与了经典作品的创作。李白的《静夜思》就是一个典型的个例。从文献学的角度看,宋代刊行的《李太白文集》、《李翰林集》中《静夜思》的原貌为:

> 床前看月光,疑是地上霜。
> 举头望山月,低头思故乡。

当代著名学者瞿蜕园、朱金城、安旗、詹锳所撰编年校注、汇释集评本《李太白集》也全依宋本。但从明代开始,一些唐诗的编选者(读者)开始改变了《静夜

辽金元文

思》的字句,形成了流行今日的李白的《静夜思》:

> 床前明月光,疑是地上霜。
> 举头望明月,低头思故乡。

　　所以,经过了历史长河的淘洗和历代无数读者检验而存留至今的中华文明宝库中的经典文学作品,是中华民族精神智慧的结晶。那么,在大力弘扬与传承优秀传统文化的今天,我们应该怎样学习阅读自《诗经》、《楚辞》以来的文学经典? 古人的一些经典之作和经典性论述可以为我们借鉴。

> 横看成岭侧成峰,远近高低各不同。
> 不识庐山真面目,只缘身在此山中。

　　这是苏轼在元丰七年四月,自九江往游庐山,在山中游赏十余日之后所写的《题西林壁》诗。一生好为名山游的苏轼,在畅游庐山的过程中,庐山奇秀幽美的胜景,让诗人应接不暇。苏轼于游赏中惊叹、错愕,领略了前所未有的超出想象的陌生的美感。初入庐山,庐山突兀高傲,"青山若无素,偃蹇不相亲。要识庐山面,他年是故人。"移步换景,处处仙境,诗人喜出望外,"自昔忆清赏,初将杳霭间。如今不是梦,真个在庐山!"庐山幽胜美不胜收,于是诗人在《题西林壁》这首由游山而感悟人生的诗作中,寄寓了发人深思的理趣。苏轼之后,人们从不同的角度解读诗作给予人们的启悟。王国维《人间词话》中说:

辽金元文

> 诗人对于宇宙人生,须入乎其内,又须出乎其外。入乎其内,故能
> 写之;出乎其外,故能观之。入乎其内,故有生气;出乎其外,故有高
> 致。

　　而苏轼的《题西林壁》正是诗人对于人生对于庐山既入乎其内,又出乎其外的带有特有的东坡印记的智慧之作。古往今来,向往庐山,畅游庐山的游人难以数计,而神奇的庐山给予游人的感触各有不同,何以如此呢? 因为万千游客,虽同游庐山,但经历不同,观赏角度有别,学识高下不一,游赏目的异趣,他们都领略的是各自心目中的庐山,诚所谓"横看成岭侧成峰,远近高低各不同"。也

正如钱钟书《谈艺录》中所说："盖任何景物，横侧看皆五光十色；任何情怀，反复说皆千头万绪。非笔墨所易详尽。"所以，换个角度看世界，世界会更加丰富多彩；换个角度看人生，现实人生就会更具魅力；换个角度读经典，你会拥有你自己的经典，经典会更加经典。

千江有水千江月，千江水月各不同。古今中外的许多经典作家正是以独特的眼光观察大千世界，以独到的思维角度思考人生，以生花妙笔写人叙事，绘景抒情，继往开来，推陈出新，创造出一部部永恒的经典。"不畏浮云遮望眼，只缘身在最高层。"经典之所以为经典，其要因之一就是经典作家能够站在时代的制高点上，眼光独到，视点独特，思想深邃，能发前人之所未发。即以被称为"拗相公"的王安石为例，作为勇于改革的政治家，思想深刻的思想家，他的诗、文、词创作都具有鲜明的个性特色。四川大学中文系古典文学教研室选注的《宋文选·前言》中说：

> 王安石的文章大都是表现他的思想见解，为变法的政治斗争服务的，思想进步故识见高超，态度坚决故议论决断。其总的特色是在曲折畅达中气雄词峻。议论文字，无论长篇短说，都结构谨严，析理透辟，概括性强，准确处斩钉截铁，不可移易。

这一段话是评价王安石散文风格的，用来概括他的诗词特色也颇为恰切。王安石由于个性独特，识见高超，所以喜欢做翻案文章。他的这一类作品不是为翻案而翻案，而是确有独到深刻的见解，其《读史》、《商鞅》、《贾生》、《乌江亭》、《明妃曲》均是如此。即以其《贾生》而言，司马迁《史记》有《屈原贾生列传》，对贾谊的同情叹惋之意已在其中。李商隐因自己人生失意，对贾谊抑郁失意更为关注，其《贾生》诗曰：

> 宣室求贤访逐臣，贾生才调更无伦。
> 可怜夜半虚前席，不问苍生问鬼神。

这首咏史诗在切入点的选取上颇为独到，在对贾谊遭际的咏叹抒写之中，蕴含着深沉的政治感慨和人生伤叹，而这种感慨自伤情怀颇能引起后世怀才不遇之士的情感共鸣，给予了高度评价。但王安石评价历史人物的着眼点则跳出

了个人人生君臣遇合的得失，立足于是否有用于世有助于时的角度，表达了独特的"遇与不遇"的人生价值观。遇与不遇，不在于官场职位的高低，而在于胸怀谋略是否得以实行，是否于国于民有益：

> 一时谋议略施行，谁道君王薄贾生。
> 爵位自高言尽废，古来何啻万公卿。

以人况己，以古喻今，振聋发聩，这样的诗作才当得上"绝大议论，得未曾有"的美誉。无论是回首历史，还是关注现实，抑或是感受人生，往往因作者的视角不同，立场观念有别，而感发不一，所写诗文，各呈异彩。

但是我们在阅读体验中还发现了一些很有趣的现象：读者有时所欣赏的并不是作者的得意之作，而有时候作者所自珍的，读者却有微词。欧阳修《六一诗话》有这样一段文字：

> 晏元献公文章擅天下，尤善为诗，而多称引后进，一时名士往往出其门。圣俞平生所作诗多矣，然公独爱其两联，云"寒鱼犹著底，白鹭已飞前"，又"絮暖鲯鱼繁，露添莼菜紫"。余尝于圣俞家见公自书手简，再三称赏此二联。余疑而问之，圣俞曰："此非我之极致，岂公偶自得意于其间乎？"乃知自古文士不独知己难得，而知人亦难也。

欧阳修这种阅读体验不止一端，刘攽《中山诗话》记载：永叔云："知圣俞者莫如某，然圣俞平生所自负者，皆某所不好。圣俞所卑下者，皆某所称赏。"于是也感慨知心赏音之难。

正因为知心赏音之难，所以古人强调阅读欣赏应该知人论世。于是了解探究历史，就有"纪事本末"类的系列著述。阅读欣赏诗词，即有《本事诗》、《本事词》、《词林纪事》、《唐诗纪事》、《宋诗纪事》、《明诗纪事》、《清诗纪事》等著作；阅读唐宋散文，也有《全唐文纪事》、《宋文纪事》之类的著述。对于读者而言，这些著述有助于我们由事知史，由事知人，进而由事知诗，由事知词，由事知文；或者说有助于我们加深对相关诗、词、文的深入了解。正是从这个视点出发，出于弘扬传统文化，建设社会主义精神文明的责任感与使命感，兰州大学出版社策划出版"故事里的文学经典"、"故事里的史学经典"、"故事里的哲学经典"（统称为

辽金元文

"换个角度读经典")系列丛书,同样出于历史使命感,我们愉快地接受了"故事里的文学经典"系列的撰写工作,首批包括《故事里的文学经典之唐五代词》、《故事里的文学经典之唐文》、《故事里的文学经典之宋文》、《故事里的文学经典之北宋诗》、《故事里的文学经典之南宋诗》、《故事里的文学经典之元曲》、《故事里的文学经典之唐诗》、《故事里的文学经典之宋词》。

当凝聚着丛书的策划者和撰著者共同心血的著述即将付梓之际,我们为和兰州大学出版社这次愉快的合作感到由衷的高兴,因为共同的弘扬优秀传统文化的目标,出好书就成为我们共同的意愿,所以撰写以至出版的一些具体问题,就很容易通过沟通达成一致。参与丛书撰写的同仁均长期从事中国古典文学的教学科研工作,怎样让经典文学作品走出大学的讲堂,走向社会,走向千家万户,是我们长期思考的问题;而由学者在一定研究基础上撰写的,面向更为广大的读者群的融学术性的严谨和能给予读者阅读的知识性、愉悦性则是出版社策划者的初衷。合作的愉快也为我们下一步自汉魏至明清诗、词、文部分的写作奠定了良好的基础。

由"本事"或者说由"故事"入手诠解阅读文学经典是我们的共识。

那些与诗、词、文密切相关的"本事",在古典文学名篇佳作的赏鉴研读中,主要是指与相关作品的创作、传播以及作家的生平遭际有关的"故事",抑或是趣事逸闻,其本身就是最通俗、最形象吸引读者的"文学评论",许多流誉后世的名篇佳作,几乎都伴随有引人入胜的"故事"或传说。这些故事或发生于作家写作之前,是为触发其写作的契机,所谓"感于哀乐,缘事而发";或是出于一种自觉的责任感使命感,"文章合为时而著,歌诗合为事而作"。而有些诗文本身就在讲故事,史传文学本身就与后世小说特别是传奇小说有千丝万缕的联系,所以唐宋散文中的一些纪传体散文名篇诸如《张中丞传后叙》、《段太尉逸事状》、《杨烈妇传》、《唐河店妪传》、《姚平仲小传》等颇具小说笔法。即如范仲淹之《岳阳楼记》,王庭震《古文集成》中也记述说:

辽金元文

> 《后山诗话》云:"文正为《岳阳楼记》,用对语说时景,世以为奇。
> 尹师鲁读之,曰:'传奇'体耳!"《传奇》,唐裴铏所著小说也。

有些诗歌也是感人的叙事诗,在很多读者那里了解的苏小妹的故事,只是民间的传说,得之于话本小说《苏小妹三难新郎》、近年新编的影视作品《鹊桥仙》等。人们出于良好的心理愿望，去观看欣赏苏小妹和秦观的所谓爱情佳话，让聪明贤惠的苏小妹和苏轼最得意的门生秦观在虚构的小说、戏曲、影视作品中成就美好姻缘，而不去考虑受虐病逝于皇祐四年（1052）的苏洵最小的女儿、苏轼的姐姐八娘，和出生在皇祐元年（1049）的秦观结为秦晋之好是根本不可能的！而苏洵的《自尤》诗即以泣血之情记述了爱女所嫁非人，被虐致死的锥心之痛。但长期以来，由于资料的散佚，一些研究苏轼的专家对此亦语焉不详，台湾学者李一冰所著《苏东坡新传》即曰：

苏洵痛失爱女，怨愤不平，作《自尤》诗以哀其女（今已不传）。

我们依据曾枣庄先生《嘉祐集笺注》收录了《自尤》诗并叙，并未多加诠释，因为诗作本身就为我们含悲带愤地讲述了一个凄惨的八娘的短暂的一生的悲剧故事。苏小妹不是一个传说！

当然，也有一些故事发生在诗作传播之后，如《舆地广记》和《艇斋诗话》都记载，苏轼"为报先生春睡美，道人轻打五更钟"传到京城，章惇认为东坡生活快活安稳，于是又把诗人贬到海南。但是不论诗人是直书其事，还是借史言事，是因事论事，还是即事兴感，与诗作相关与诗人遭际相关的故事，都有助于我们对经典诗文在知人论世的基础上去读解诠释。

在"换个角度读经典"系列丛书之"故事里的文学经典"（第一批）将要出版发行之际，我们对兰州大学出版社的张仁先生、张映春女士为之付出的大量心血和兢兢业业一丝不苟的敬业精神表示由衷的感佩；对兰州大学文学院党政领导班子，特别是张炳成同志对于丛书的写作出版自始至终的关注支持深表感谢。同时，由于切入角度不同，对于相关诗、词、曲、文名篇的诠解也仅是我们的一得之见，所以我们热望广大读者多提宝贵意见，书山有路勤为径，学海无涯乐作舟，愿读者诸君和我们一起愉快阅读经典的同时，换个角度，读出我们各自心目当中的经典。

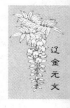

庆振轩

二〇一三年八月于兰州

目　录

故事里的辽文

故事里的金文

辽金元文

故事里的元文

辽金元文

辽金元文

故事里的辽文

因事造文　经世致用

　　辽朝是由契丹人建立的北方政权,曾统治中国北方二百多年。然而,辽朝的文学,由于种种原因,并不能与其政治上的辉煌相匹配,其中散文尤为如此,不但很难超越唐宋散文,即便是在数量上,也是相形见绌。据统计,收集在《全辽文》中的文章只有区区几十万字,又主要是金石之文,没有留存下来一部完整的作家文集。再从内容题材上来看,辽代几乎没有专门的文学性的写景抒情散文,基本上都是以应用性文体为主,如诏书、奏表、牒文、碑铭、题记之类,缺乏艺术上的着意追求。

　　然而,辽代的散文毕竟孕育于不同于唐、宋的文学土壤之中,仔细观察,我们仍然可以从它的字里行间发现那与生俱来的民族胎记。首先,辽代的散文经历了一个由直率质朴到隐曲繁复的发展历程。辽代之初,诏谕等文书没有繁文缛节,直陈其事,如《平剌葛后谕左右》。待到太宗朝,虽仍然那般率直,但加入了儒家仁义思想作为行为的依据,这个,我们可以从《谕石敬瑭》中看出来。等到了景宗、圣宗时期，文风大变，一改往日的面貌，变得文采炯然，即便是强盗的语言，也能表达得委婉动听。可见，散文由简入繁的过程是与契丹民族汉化程度的逐步加深相伴随的。

北方作家笔下创作出来的文章，必然有着北方文化的烙印。边地的大漠黄沙、草原戈壁，契丹人的孔武尚勇、粗犷豪迈，都在文章中自然流露。正是在这种朴野的文化气息当中，浮华尽被摒弃，贯穿于整个散文创作过程中的，是一种经世致用的思想。辽代的作家很少会对花流泪、对月伤情，他们的文章大多数都以实用为主，如《造长明灯记》。

实用并不意味着粗鄙，辽文中也不乏文采斐然之作。这样的文章，往往会用白描、比喻等多种表现手法，将人物、实践生动活泼地展现出来。如《奏懿德皇后私伶官疏》中对萧观音与赵唯一私通的描述，生动逼真，让人感觉仿佛是亲眼所见，亲耳所闻，表现出了高超的艺术水准。

总之，辽代散文深受唐宋散文的影响，同时别样的民族文化又赋予了它独特的个性特点。

辽金元文

度尽劫波兄弟在,相逢一笑泯恩仇

——辽太祖《平剌葛后谕左右》

安史之乱后,大唐帝国已风雨飘摇,而在此时的北方,契丹的势力正在潜滋暗长。公元907年,一个辉煌了近三百年的唐王朝走到了终点,就在这一年,契丹迭剌部首领耶律阿保机当上了可汗,建立了横亘于中国北方的少数民族政权——辽。

耶律阿保机(872—926年),汉名耶律亿,史称辽太祖,胸怀韬略,胆识过人。他的一生戎马倥偬,南征北战,既统一了契丹诸部,又开疆扩土,打下了辽朝的千里江山,尽显一代天骄雄风。然而,成就帝业的路途并非平坦,不但要对付族内族外的敌手,还要面对手足兄弟间的无情相残。

皇位,封建王朝最高权力的象征,一旦拥有,则意味着千秋万世的荣华富贵。普天之下,莫非王土;率土之滨,莫非王臣。皇帝拥有着至高无上的权力,可决他人之生死,可主历史之沉浮。因

辽太祖耶律阿保机雕像

辽金元文

此,无数野心家都对它垂涎三尺,尤其是龙子龙孙们,更是对它虎视眈眈。于是,兄弟反目,手足相残,胜者为王,败者殒命,残酷的丛林法则在人类社会一次次上演,用无数皇孙的鲜血铺就王朝的赓续之路。皇帝一位创立伊始,就伴随着血雨腥风。秦始皇巡幸途中驾崩,赵高一纸假诏赐死公子扶苏,胡亥踩着长兄的尸首走上了皇位。隋炀帝杨广弑父登基,杀死了杨勇及其儿子。就是威名海外的唐太宗李世民,也是通过玄武门之变,杀死哥哥李建成、弟弟李元吉而登上皇位的。悲剧就这样重复着,无数生灵成了权力的牺牲品。

在907年被推选为首领之后,耶律阿保机试图加强其绝对权威的计划并非一帆风顺,最大的威胁来自于他的弟弟们与耶律氏的其他成员,而这种担心在911年变为了现实,他的四个弟弟发动了叛乱,这就是历史上的"诸弟之乱"。叛乱发生了三次,最终都被平叛。这则《平剌葛后谕左右》就是阿保机在平定剌葛叛乱后告诫自己的兄弟、臣子的谕文:

> 诸弟性虽敏黠,而蓄奸稔恶。尝自矜有出人之智,安端凶狠,谿壑可塞而贪黩无厌。求人之失,虽小而可恕,谓重如泰山。身行不义,虽入大恶,谓轻於鸿毛。昵比群小,谋及妇人,同恶相济,以危国祚。虽欲不败,岂可得乎?北宰相实鲁妻馀卢睹姑,於国至亲,一日负朕,从于叛逆,未置之法而病死,此天诛也。解里自幼与朕尝同寝食,眷遇之厚,冠於宗属,亦与其父背大恩而从不轨,兹可恕乎!

该文有理有据,语言朴实,很有说服力。文章指出,从政者往往把别人的过失看得很重,而把自己的过失看得很轻。所谓"求人之失,虽小而可恕,谓重如泰山。身行不义,虽入大恶,谓轻於鸿毛"。在论证上采用对比方法,并以实鲁妻和解里两人为例,说明亲属有过也不可饶恕。

辽金元文

诸兄弟的叛乱并非是篡权夺位,其原因则要涉及契丹族的选举制度了。契丹作为我国北方一个古老的民族,其来源于东胡的一支——鲜卑。从契丹一出现在历史上,就已经超越了最原始的发展阶段,处在部落联盟时期了。在耶律阿保机统一诸部之前,契丹分为八部,由八部酋长中共同选举一人作为联盟的可汗,任期三年,到期改选。可汗的任期不是终身制,他可以被罢免或取代。与所有北亚的游牧民族首领继承方式一样,继承人并不总是首领的直系后裔,而经常是同一氏族的成年旁系亲属,如叔伯和兄弟。907年,遥辇氏的最后一个可汗痕德堇因政绩不佳被罢免,八部首领选举迭剌部长、联盟的军事统帅(于越)阿保机取代了他的位置,成为契丹历史上最后一任可汗。阿保机深谙汉族文化,在汉族知识分子韩知古、韩延徽的影响下,决定在契丹建立帝制,像中原皇帝那样,实行终身制和世袭制。而建立帝制的前提,就是必须打破契丹旧制,但这必然会威胁到契丹其他贵族的利益,特别是那些本可以与阿保机平等竞争汗位的阿保机的叔伯及兄弟们。910年,当重新选举到期时,阿保机没有履行这一程序,他的兄弟们感到被剥夺了继承的机会,其中最不满的是阿保机最年长的弟弟剌葛。为了争取这个被选举权，终于爆发了诸弟之乱。

兄弟们的叛乱有三次，大弟剌葛是核心人物，而幕后的操纵者及策划者则是阿保机的叔叔耶律辖底。耶律辖底当时担任于越，但由于阿保机的权力越来越大，越来越集中，于越一职逐渐被架空，渐渐地成为一个虚名，这引发了他对阿保机的严重不满。在叛乱中，辖底躲在暗处，煽风点火，出谋划策。在维护氏族世选制的旗号下，剌葛、迭剌、寅底石、安端等人开始对阿保机发难。对此，《太祖纪》有详细记载："太祖五年五月，皇弟剌葛、迭剌、寅底石、安端谋反，安端妻粘睦姑知之以告，得实。上不忍加诛，乃与诸弟登山刑牲，告天地为誓，而赦其罪。出剌葛为迭剌部夷离堇，封粘睦姑为晋国夫人。"此为第一次叛乱，剌葛等四人唆使对耶律阿保机不满的贵族，借索取战利品之由，准备向阿保机发难。阿保机之妻述律平识破其把戏，予以拒绝，众人便准备动用武力来抢夺象征着权力的旗鼓和神帐。此时，安瑞的妻子粘睦姑惧怕殃及自身，于是先向阿保机通报了消息，阿保机随即采取措施，粉碎了他们的阴谋。其后，阿保机考虑到手足之情，没忍心杀他们，而是与众弟兄一起登山盟誓，赦免了他们的罪过。然而，阿保机的仁慈并没有换来兄弟们的同情，一场更大的阴谋正在酝酿当中。

"六年十月戊寅，剌葛破平州还，复与迭剌、寅底石、安端等反。……诸弟各遣人谢罪，上犹矜怜，许以自新。"912年7月，剌葛等人又在于越辖底的策划下发动了第二次叛乱。这次叛乱比第一次规模更大，联盟内的众多于越、夷离堇组成了强大的叛乱集团。当时，阿保机征伐术不姑部，让剌葛领兵攻打平州（今河北卢龙）。到十月时，剌葛攻陷

"天公安国"鎏金钱

辽金元文

了平州后，领兵阻挡阿保机的归路，要求阿保机恢复部落世选制，以使他们获得做汗王的机会。阿保机没有硬拼，而是果断地领兵南下，于当天就按照传统习惯举行了烧柴告天的仪式，即"燔柴礼"，再次任可汗。这样就证明他已经合法地连选连任，使众兄弟没有了反叛的根据。阿保机兵不血刃地平息了一场叛乱，体现了他超群的智谋。第二天，诸兄弟便纷纷派人来向阿保机请罪，阿保机

也就不再追究,只下令让他们悔过自新。

诸弟之乱在913年达到了高潮。这年三月,剌葛准备自立为可汗。经过周密的筹划,他一方面让迭剌、安端率领千余骑,接近阿保机并趁机解除他的权力,一方面派寅底石进攻阿保机行宫,夺取象征着权力的旗鼓与神帐,自己则带领众人来到乙室部落长老董淀处,自制旗鼓,准备登基。然而,就在剌葛志得意满,酝酿着自己的美梦的时候,派出的两路人马,却遭到了不同的境遇。迭剌、安端毕竟阅历较浅,根本不是阿保机的对手,不久就被生擒。寅底石则进展顺利,将可汗的营地搅了个天翻地覆,焚烧了营帐和辎重,并抢走了旗鼓与神帐。阿保机的妻子述律平沉着应战,但也只是夺回了旗鼓而已。

阿保机控制住迭剌、安端之后,便率军向剌葛追击而来。剌葛闻讯,急忙逃窜。阿保机追至土河后,便停止了追击。他不无惆怅地说:"人非草木,孰能无情?他们是我的兄弟,胡马依北风,时间久了,他们自然就会回来的。"这是阿保机的感慨,同时也是他麻痹剌葛的策略。他暗中派人在剌葛的必经之路上设伏,最终还是生擒了剌葛诸人,夺回了神帐。

这次叛乱持续了两个多月,给社会带来了极大的灾难。辽太祖在《刑逆党后宣谕》(太祖八年)曾说:"此曹恣行不道,残害忠良,涂炭生民,剽掠财产。民间昔有万马,今皆徒步。有国以来,所未尝有。"可见破坏之惨烈。叛乱平息之后,阿保机对叛乱者采取了不同的措施,辖底及滑哥等三百多人被处死,而诸弟则再次被赦免:剌葛与迭剌二人杖而释之,寅底石和安端因其年幼无知而不加处置。

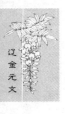

辽金元文

阿保机的弟弟剌葛等人一而再,再而三地挑战阿保机的地位,以至于阿保机怒火中烧:"兹可恕乎!"然而,事情的结果却是,他虽然铲除了辖底等绝大多数反对力量,但对自己的弟弟们却极具耐心,一次次饶恕了他们。这当然有顾念亲情的成分,如《资治通鉴》所记述,事发之后,阿保机对剌葛数落:"汝与吾如手足,而汝兴此心,我若杀汝,则与汝何异!"而另一方面则是由于形势所迫。阿保机虽然已位高权重,但传统的惯性很大,世选制依然影响深远。要想真正实现家天下,就必须平衡各方力量,这既透露出阿保机的些许无奈,又显示出他的豁达与睿智。成一世之英名,创万世之功勋,古往今来,凡成大事者,必然都有超越凡俗之处。"度尽劫波兄弟在,相逢一笑泯恩仇",这需要的不仅仅是温情,更是一种胸怀、一种气度。

《平剌葛后谕左右》作于914年,为太祖对诸弟之乱的反思与谕戒。全文不枝不蔓,简洁有度,以仁义作为道德评判的标准,显现出中原文化的深厚影响;而文从字顺,毫无矫情造作,却是融入了北方民族的雄豪之气,很能代表辽初散文的风格特点。

辽金元文

遗民泪尽胡尘里,南望王师又一年

——辽太宗《立石敬瑭为大晋皇帝册》

幽云十六州,这是两宋士人心中永不磨灭的记忆和痛楚。这方土地,承载着数百年的屈辱和梦想。为了它,曾有多少将士将鲜血洒在这里;为了它,铁马冰河一直在无休无止地撞击着士人的魂梦。然而,这数百年的干戈,却源于一人——中国历史上著名的"儿皇帝"石敬瑭。

石敬瑭何以自甘为"儿皇帝",认一个小自己十几岁的辽太宗耶律德光为父呢?这要从头说起。五代,是中国历史上颇具戏剧色彩的一段历史,在短短54年当中,中原的政权多次易手,前后经历了后梁、后唐、后晋、后汉、后周五个朝代。在这样一个军阀纷争、群雄逐鹿的环境中,仁义忠信已被视为玩物,而权谋诡计则成为应付这波谲云诡局面的制胜法宝。为了自己的利益,各方各派无所不用其极。

石敬瑭,唐时沙陀人,他的父亲臬捩鸡,善骑射,有将才,在李克用手下屡立战功,官至刺史,石敬瑭是其第二子。作为一个饱受骂名的"儿皇帝",在后世人的心目中,石敬瑭应该是一个唯唯诺诺、孱弱不禁的形象,然而,历史恰恰与我们开了一个玩笑。石敬瑭从小沉默寡言,喜读兵书,且非常崇拜战国时期的名将李牧和汉朝时期的大将周亚夫。他年轻时,正逢李氏父子与后梁朱温争雄,遂追随李克用、李存勖父子南征北战,以勇敢和智谋名贯三军。他曾率数十骑,救主于乱军之中。李存勖拍着他的背说:"将门出将军,这话真是说得没错啊。"为了表示对他的器重与信赖,李嗣源还将自

后晋高祖(892—942年)　清人绘

己的女儿永宁公主许配给了他,并任其为"左射军"统领。

公元926年,李嗣源在石敬瑭的谋划和辅佐之下,发动了兵变,坐上了皇位,是为明宗。933年,李嗣源病故,经过了血腥的皇位争斗,李嗣源的义子李从珂当上了皇帝。作为李嗣源手下的两员大将,李从珂与石敬瑭都骁勇善战,但彼此之间颇不和睦。李从珂即位后,对手握重兵的石敬瑭愈发怀疑,因此处处对其进行试探,并将其留在洛阳。石敬瑭整日提心吊胆,进而忧愁生病,瘦如枯骨,从不敢主动提出回到自己的驻防地。最后,还是李嗣源发妻曹太后代为说情,李从珂才勉强答应石敬瑭回河东驻地。石敬瑭之妻辞归太原时,李从珂竟乘醉敲打道:"为什么不多住一段时间,这么急匆匆地回去,难道是想和石郎一起造反么?"

早已心存戒备的石敬瑭,已深知不能自保,于是暗自积蓄实力,以作他图。他以契丹屡犯边境为借口,不断要求朝廷调运军粮。同时,在宾客的面前自称身体屡弱,已经不堪为帅,以此来打消李从珂的疑虑。然而,这一切都瞒不过他的部属,他们都打算扶立石敬瑭以邀赏,在朝廷派人慰劳将士时,就有人高呼万岁。石敬瑭怕事情败露,于是杀死了领头的将士36人。

当准备充分,石敬瑭决定首先试探一下末帝李从珂的意图,于是,他借口身体羸弱而要求外任。朝中大臣都认为应先稳住石敬瑭,不可让其调任。但大臣薛文遇则认为石敬瑭造反是迟早的事,与其如此,"不若先事图之"。李从珂赞同他的观点,于是一纸诏书,徙其为天平节度使。群臣莫不惊恐,均感觉到乱之将至。石敬瑭反心已决,事已至此,双方也不必再惺惺作态,他立即上书指责唐末帝是明宗养子,不应该继承帝位,要求让位于许王。李从珂看完奏表后大怒,一纸诏书削去了石敬瑭的官爵,杀死了他的儿子,并任命建雄节度使张敬达为太原四面招讨使,率三万大军围攻石敬瑭。

虽说石敬瑭早有准备,但面对着张敬达的几万大军,还是不免慌了阵脚。他一面组织抵抗,一面让掌书记桑维翰起草奏章,向契丹求援,并许诺:向契丹称臣,以父事契丹,事情成功之后,割卢龙一道及雁门关以北诸州与契丹。这种不惜出卖人格、出卖国家利益的行为,为人所不齿,连石敬瑭的部下也都坐不住了。亲信刘知远表示反对,他说:"称臣还说得过去,拜他做父亲,未免太过分了。给他一点金银绢帛也都无关大碍,但不应该割让土地。如果这样,将来一定会成为中原的祸害,到时候想后悔都来不及了。"然而,石敬瑭仍然一意孤行,派桑维翰出使契丹,纳表称臣。

此时的契丹已易主，耶律德光登上了皇位，史称太宗。耶律德光觊觎中原已久，而石敬瑭主动称臣献土，可谓天赐良机，令他喜不自胜。于是，亲率大军来援，解除了太原之围。十一月，契丹主作策书封石敬瑭为大晋皇帝，改元天福，国号晋。耶律德光亲自脱下自己的黄袍与石敬瑭披上，石敬瑭遂即位于柳林。

据宋叶隆礼《契丹国志》记载："契丹帝作策书，命敬瑭为大晋皇帝。"策书内容，详录如下：

立石敬瑭为大晋皇帝册

维天显九年，岁次丙申，十一月丙戌朔，十二日丁酉，大契丹皇帝若曰：于戏！元气肇开，树之以君；天命不恒，人辅以德。故商政衰而周道盛，秦德乱而汉图昌，人事天心，古今靡异。

咨尔子晋王，神钟睿哲，天赞英雄，叶梦日以储祥，应澄河而启运。迫事数帝，历试诸艰。武略文经，乃由天纵；忠规孝节，固自生知。猥以眇躬，奄有北土。暨明宗之享国也，与我先哲王保奉明契，所期子孙顺承，患难相济。丹书未泯，白日难欺，顾予纂承，匪敢失坠。尔惟近戚，实系本枝，所以予视尔若子，尔待予犹父也。

朕昨以独夫从珂，本非公族，窃据宝图，弃义忘恩，逆天暴物，诛剪骨肉，离间忠良，听任矫诔，威虐黎献，华夷震悚，内外崩离。知尔无辜，为彼致害，敢征众旅，来逼严城。虽并吞之志甚坚，而幽显之情何负，达于闻听，深激愤惊。乃命兴师，为尔除患，亲提万旅，远殄群凶，但赴急难，罔辞艰险。果见神祇助顺，卿士叶谋，旗一麾而弃甲平山，鼓三作而僵尸遍野。虽以遂予本志，快彼群心，将期税驾金河，班师玉塞。

矧今中原无主，四海未宁，茫茫生民，若坠涂炭。况万几不可以暂废，大宝不可以久虚，拯溺救焚，当在此日。尔有庇民之德，格于上下；尔有戡难之勋，光于区宇；尔有无私之行，通乎神明；尔有不言之信，彰乎兆庶。予懋乃德，嘉乃丕绩。天之历数在尔躬，是用命尔，当践皇极。仍以尔自兹并土，首建义旗，宜以国号曰晋。朕永与为父子之邦，保山河之誓。于戏！补百王之阙礼，行兹盛典；成千载之大义，遂我初心。尔其永保兆民，勉持一德，慎乃有位，允执厥中。亦惟无疆之休，其诚之哉！

辽金元文

文为太宗皇帝耶律德光亲自执笔,文章有别于太祖的粗浅直率,字句整饬,条理明晰。为文已经日渐繁复,辞藻也较为华丽,能融儒家仁义于文中,但同时又丝毫不掩饰自己高高在上的心理与口气,"所以予视尔若子,尔待予犹父也",俨然以父亲自居。

随后,石敬瑭攻入洛阳。兵临城下之时,末帝李从珂举火自焚,后唐灭亡。石敬瑭称帝后,履行了对契丹的承诺,割燕云十六州给契丹,并且承诺每年给契丹布帛30万匹。至此之后,石敬瑭对契丹国主恭恭敬敬,生怕有什么不周之处。逢年过节,一定要献上贡品,以表孝心。每次与契丹书信,皆用表,以表示君臣有别,称小自己十几岁的耶律德光为"父皇帝",自称"儿皇帝"。然而,石敬瑭为了自身利益而不惜丧权辱国的可耻行径自然不能服膺人心,其后,后晋虽然仍能够仰契丹人的鼻息苟存于世,但已人心相背,危机四伏。七年后,石敬瑭终于在内忧外辱中,背负着万世骂名离开了人世。

纵观石敬瑭的一生,从一个有勇有谋的贤臣能将到遗臭万年的"儿皇帝",经历了一个戏剧性的转身。在五代乱世,运用一定的谋略手段自无可非议,但既割地纳贡,又心甘情愿地做"儿皇帝",历史上则无人能出其右。除此之外,石敬瑭之所以饱受骂名,更在于他的这一行为给后世留下了无穷的危害。幽云十六州连接辽宁东部至山西北部,是北方的天然屏障,割予契丹之后,中原门户洞开,直接袒露于外部强敌的刀锋之下。以后的四百余年,契丹、女真、蒙古等都是借助这一有利条件,大举入侵,给中原人民造成了不尽的痛苦,给中原的社会经济,带来了空前的破坏。正因

《儿皇帝石敬瑭》

辽金元文

为这个原因,一雪前耻,收复幽云成了以后四百多年中各个中原王朝的一个重要梦想:柴荣收复三关,宋太宗御驾亲征,杨家将血洒疆场……然而这些均未能扭转历史,当人们一次次承受着现实的无奈与耻辱时,总会将思绪向历史深处追溯,想起那引起这一切的始作俑者——"儿皇帝"石敬瑭。

花散漫天雨，灯传古佛心

——佛教与辽代文化

在辽代散文中，有关佛教的内容占了很大的篇幅，而且有着较高的艺术水准，《造长明灯记》是其中最为优秀的一篇。文章开头写道："大辽国幽燕之北，虎县之东，龙门乡兴寿里邑众杨守金等久弘善念，特建灯幢。"交代了地理区划、人物、造幢由来，起笔轻松自然，平淡简约。紧接着笔锋一转，马上掀起层层波澜：

> 奉施少灯，其明唯照道之一阶，或时速灭，所得果报福德之聚，唯佛能知，不可得说。
>
> 噫！少须尚尔，况长明哉！
>
> 夫天地之大，在昼则明，在夜则晦。日月之朗，在显则烛，在隐则遗。明天地未明之时，照日月未照之所，唯我长明灯乎？邑众等倡此胜缘，齐之响附，财各乐施，福须默运。所建燃灯幢于佛前，置之有坚，确然不拔。且夫凿其龛，拟象于旸谷；刻其螭，取类于烛龙。膏油泉注，朝则盛，夕则愈盛也；兰炬火热，前则明，后则益明也。翼□层檐，门以轻素。虽雨暗风霾，常皎如也。

辽金元文

文章写于乾统五年（1105 年），已摆脱了之前散文的粗鄙直率，写得声情并茂，意味深长，言辞恳切，将造长明灯之意义一一予以解析。逻辑上，层层推衍，互相映照。表达上，运用明暗效果，采用时空交织的方式，虚实结合。审美上，调动审美主体的生活体验和精神需求，意象直观而飘逸。

长明灯在佛教中有着特殊的含义，早已超出灯本身的功用范畴。灯，意味着光明，而光明又与智慧相关联，因此，佛教中将灯视为智慧的象征。《观心论》云："长明灯者，正觉心也。觉知明了，喻之为灯，是故一切求解脱者，常以身为灯台,心为灯盏,信为灯炷,增诸戒行以为添油,智慧明达喻如灯光常然。如是觉灯,照破一切无明癫暗,能以此法转相开悟,即是一灯然百千灯,以灯续明,终

长明灯

无尽故,故号长明。"另外,《贤愚经·贫女难陀品》中,对燃长明灯有了另一种解释。佛陀在舍卫国时,国中有个女人叫难陀,她生活贫穷,依靠流浪乞讨为生。因常常看到王公贵戚在佛面前供养,也想做些功德。于是,她拿着乞讨来的一枚钱去买灯油。但钱太少,卖油的问明情况后,多给了她一倍的油,刚好凑足一盏灯。贫女欣喜异常,将油灯献于佛陀面前,并发誓:"我是个穷人,只能用此小灯供养佛陀。愿以此功德,让我来世得到智慧的明灯,灭除一切众生的愚昧黑暗。"然后,礼佛而去。第二天,所有供灯都熄灭了,只有难陀的灯依旧亮着。正值目连当班,想收了灯去,但不曾想,如何也难将这盏灯熄灭。佛陀告诉他:"你们的神通,根本不能灭掉发大乘菩提心之人的灯。"并授记贫女未来成佛。这盏灯引起了很大的轰动,举国上下无论男女老少,争相做灯供佛。由此可见,佛教徒之所以注重点灯供佛,是希望能借此燃起自己内心的智慧之光,破除幽暗,摆脱烦恼。《造长明灯记》中杨守金等人造长明灯,就是出于虔诚的礼佛心态。

　　在辽朝留存下来的文献中,与佛教有关的占据了很大的比例。文学艺术是对现实生活的反映,佛教文学之所以如此繁兴,正是在于佛教在辽代有着深远的影响力。可以说,上至达官显贵,下至平头百姓,都虔心礼佛,佛教是他们的信仰,也是他们生活当中不可缺少的组成部分。

　　佛教并非辽朝固有宗教,而是为了适应社会形势的发展而出现的。辽建国前后,曾多次侵入中原,掳掠了大量的汉族人口到北方,并以置州县的形式将其

辽金元文

安置在契丹腹地。在这些被俘或流离北上的中原汉人中,夹杂着一些原本信奉佛教的僧侣和佛教信徒,契丹统治者为了安置这些汉族僧众,兴建了大量的佛教寺院。从此,辽就与宗教结下了不解之缘,且日渐兴盛,尤其在兴宗、道宗及天祚皇帝统治的辽代中后期,佛教更是渗入了社会的方方面面。上至帝王嫔妃、达官贵人,下至士农工商、平头百姓,几乎人人都信佛教。

契丹民族长期崇尚敬天、攘鬼、祭祀各种神灵的原始巫教,这种原始信仰和伴随这种信仰的文化习俗广泛地流行于契丹境内,并作为习以成俗的礼法被辽帝、皇家率先躬行垂范。而佛教本身崇尚佛迹,讲唱灵异,鼓吹因果报应,这与辽帝所钟爱的原始巫教敬天祀地、迷信鬼神的观念、习俗有一脉相通之处,其精致圆通的说教又远非原始巫教可比,而且佛法规模的隆盛也非原始巫教粗俗的祭祀活动可比拟。这样,佛教作为狭义上的宗教和广义上的文化都强烈地吸引着契丹统治者。迷恋佛教并用之驾驭臣民是统治者乐为的,所以在注重原始崇拜的同时,

农安辽塔

辽金元文

积极向信仰佛教靠拢。同时,契丹从立国到灭亡,同多个政权、国家有过广泛密切的交往,伴随政治、经济、文化的交往,佛教文化的交流也颇为频繁,甚至可以说以佛教为交流通道,大家互赏文化上的亲和性,互享精神上的共通性,互赞国家治理方式的文明性。

辽帝崇佛是从耶律阿保机开始的,早在902年,阿保机即在契丹腹地兴建龙化州城的同时建起了开教寺,大概此时或稍后,又于此地建了大广寺。接耶律阿保机之后继位的辽太宗耶律德光对佛教已是信仰有加,钟情于建寺、竖像,尤其是对观世音菩萨,其尊崇的程度更是非同一般。他认为观世音菩萨能够保佑自己的亲人除疾化灾、安康幸福,所以,每当他身边的亲人遇有灾疾,他首先想到的就是饭僧拜佛,祈求观世音菩萨保护他们。耶律德光不仅仅是一名皈依

者,他还精通大乘佛教,对佛经中的《观自在菩萨》诸经也有较深入的了解与研究。不仅如此,耶律德光亦确信佛界的观世音菩萨能够帮助他拓疆扩土,在实现了向南扩张的宏愿之后,便认为这一切都是观世音菩萨保佑的结果,于是,便杜撰了一则观世音菩萨"白日托梦"的神话。同时,为了感谢观世音菩萨的佑助,毫不犹豫地把原立于幽州城内大悲阁的"白衣观音"请到了契丹腹地的木叶山,在兴王寺建"观音堂",将其供奉起来。从此,佛教中的观世音菩萨,不仅成了契丹耶律皇族的"家神",同时也跃居至契丹人原本信奉的诸萨满自然神之上,变成了契丹帝国的"佑护神"。

辽代由于皇帝提倡、崇信佛教,遂使佛教教义中的相关内容,逐渐灌输进了广大下层民众的头脑中,因此许多百姓都信仰佛教,并对他们的思想和行为产生了深刻的影响。辽代佛教的兴盛主要表现在信佛人数之多,以及信佛之虔诚和信佛现象之普遍上,当时的现象真可谓是"室室有出家之人,处处闻念佛之声"。信佛的人都要"修功德",功德圆满的人,方能到西方的极乐世界。修功德的方式多种多样,主要有修建寺院、建佛塔、立经幢、刻佛经等。而要修这种功德,一人或少数人的力量是难以办到的。于是地方佛教信徒"结成大规模的团体组织,协助寺庙举办各种佛教活动"。所以辽代的佛事活动,例如修建佛寺、佛塔,供奉长明灯,设堂念佛,刻印佛经等,大多是由僧侣倡议,民众组邑捐资来完成的。

在辽代,由于上至统治阶层,下至黎民百姓对佛教的崇尚,使我们今天有幸看到了他们留下的宝贵遗产。例如辽代修建了大量的佛教建筑,其中一些保存至今的寺庙、佛塔、经幢等,已经成为非常珍贵的历史文物,它们所蕴含的丰富的文化内涵,也为后人研究辽代历史文化提供了宝贵的实物资料。但是崇佛信教需要将大量的钱物捐献出来,用于修寺庙建佛塔,势必大大减少对社会再生产的投入,同时,不少乡村贫

辽代佛板

辽金元文

困家庭由于捐资助佛,使本来就非常有限的一点点资金流向了寺院,也会扩大乡村贫困阶层,不断拉大社会底层与上层之间的差距;成千上万的崇佛信教家庭的成员剃度出家,不仅使乡村的劳动力大量流失,严重影响了农、牧业生产,而且滋生了社会寄生阶层的贪婪腐化,大大加重了国家和民众的经济负担。最终,势必会延缓辽代社会的发展与进步。

夫妇之义，生死以之

——萧意辛《辞绝婚对》

"问世间情为何物？直教人生死相许。"真正的爱情能经受得住狂风暴雨的洗礼，能经得起岁月的打磨，能以最真诚的信念使对方成为自己生命的慰藉，相濡以沫，生死相依。在辽代，一个弱女子用自己的行动诠释了爱情和婚姻的真谛。

萧意辛，国舅驸马都尉陶苏斡之女。陶苏斡为人耿直，因在"重元之乱"中保护道宗皇帝有功，迁至同知南枢密院事。萧意辛的母亲胡独公主，《辽史》中谈及甚少，应是兴宗或道宗皇帝兄弟的女儿。萧意辛小时候，姿容美丽，机敏聪慧。在二十岁的时候，嫁给了耶律奴为妻。婚后，夫妻恩爱，相敬如宾。然而，天不遂人愿，不久，这美满的生活却为突如其来的灾祸所打断。大康三年（1077年），萧意辛的丈夫耶律奴受权倾朝野的大奸臣耶律乙辛迫害，连带全家流放乌古部。

辽金元文

辽代的朋党之争早已有之，而且其风愈炽，几乎贯穿着整个王朝的历史。之前有皇位继承权之争、后位之争，到了道宗朝，则演化成了以耶律乙辛为首的权臣党与太子党之间的生死争斗。耶律乙辛，字胡覩衮，出身于契丹五院部的下层部民家庭。他自幼狡黠，长大后，仪表俊美，外表谦和，但内心奸猾。后以文班吏起家，逐渐得到了皇帝和皇后的器重，虽非皇族成员，却能厕身于大臣之列。然而使耶律乙辛地位得到飞跃性提升的却是重元事件。1063年，

辽道宗耶律洪基

皇太叔耶律重元在他人的煽动之下发动了叛变,意欲夺取皇位。但叛乱不久即被平息,而耶律乙辛则在平定叛乱之中起到了重要的作用,加之他善于逢迎,因此得到了道宗皇帝的赏识,迁官至南院枢密使。掌权之后的耶律乙辛,野心开始膨胀,拉帮结派,排除异己,愈发嚣张跋扈。为了巩固自己的权力,必须铲除任何可能与自己相抗衡的力量,因此,皇太子、懿德皇后及其追随者就成了耶律乙辛严重的障碍,一系列恶毒的计划就此展开。首先,他诬告懿德皇后萧观音与伶官赵惟一私通。道宗皇帝昏庸之极,听信谗言,竟然在未辨是非的情况下,赐死了皇后萧观音。懿德皇后死后,太子濬对之恨之入骨,扬言要杀死耶律乙辛,报杀母之仇。这更坚定了耶律乙辛铲除太子的决心。在诬陷太子预谋篡夺皇位未得逞后,又指使萧讹都斡等人向道宗"自首",说他们曾经欲杀耶律乙辛而立太子。道宗皇帝信以为真,于是命耶律乙辛负责对太子等人进行审讯。在严刑逼供之下,终于酿成了冤狱,太子被贬为庶人,随后被杀,而太子党人或被杀害,或被流放。耶律奴是太子的忠实拥护者,在此次事件中,虽侥幸未被杀害,却也被流放至荒凉偏远的乌古部。

乌古部在遥远的北疆,相当于今天克鲁伦河和海拉尔河下游的广大地区。这里干燥少雨,冬季寒冷,且风沙凶猛,条件恶劣,是流放犯人的重要去处,流放的犯人往往有去无回。料及此去必然凶多吉少,道宗皇帝念及亲情,建议萧意辛与其夫耶律奴离婚,这样就可以避免连坐,而不必被流放了。然而意辛毅然拒绝了皇帝的美意,上《辞绝婚对》,以表决心:

> 陛下以妾葭莩之亲,使免流窜,实天地之恩。然夫妇之义,生死以之。妾自笄年从奴,一旦临难,顿尔乖离,背纲常之道,於禽兽何异?幸陛下哀怜,与奴俱行,妾即死无恨。

整个对辞情意款款,真挚感人,言语中激荡着对丈夫的无限爱意和对婚姻的执着坚守。在辽代,婚姻家庭的稳固性远不如中原,妇女并不以再婚为耻。在这样的环境中,她却毫不犹豫地拒绝了道宗皇帝的好意,用儒家的道德标准来规范自己的行为,愿恪守为妻之道,与丈夫生死相依。萧意辛能做出这样异于他人之举,源于她所接受的儒学濡染。萧意辛来自于一个汉化较深的家庭,她长期受到儒家思想的影响,能恪守儒家的纲常伦理。因此嫁到耶律家以后,她谨守妇道,恭敬地侍奉公婆,以孝顺闻名。一次,众妯娌聚到了一起,大家争

着抢着说如何用方术来诱惑自己的丈夫,以获得恩宠。意辛却并不以为是,说:
"这样做并不如遵从礼法。"大家问她原因,她回答道:"提高自身修养,纯净自己
的心灵,恭敬地孝顺父母,温顺地对待自己的丈夫,对待晚辈能够宽容大量,这
就是礼法。如果你们能做到这些,自然就能得到丈夫的敬重,而用那些歪门邪
道来获得宠爱,难道内心当中就不觉得惭愧么?"

《孝事周姜图》 焦秉贞

　　萧意辛用自己的行动,兑现了自己的承诺。她放弃了优渥的贵族生活,至
死不渝地追随自己的丈夫,踏上了这漫漫的流放之路。在乌古部,她从事着异
常辛苦的劳作,即使再辛苦,也无怨无悔。对待自己的丈夫,比以前更加体贴,
更加温柔。春天到了,漫无边际的野草连接着无尽的思念,延续到天边,延续到
梦中的故乡。秋天来了,牧草金黄,碧空中一声雁叫,唤起了心中那么多的无可
名状。斗转星移,寒来暑往,花开了又落,草绿了又黄,整整二十余载,意辛用青
春诠释着生命的价值和人生的信仰。

辽金元文

青蝇之旧污知妄,白璧之清辉可珍

——王鼎《焚椒录·序》

辽代懿德皇后萧观音之死是辽代一桩最大的冤案,但由于这件事多触及辽宫廷隐私,人们大多知其冤屈,却唯恐避之而不及。而辽朝进士王鼎却能不畏权势,敢于仗义执言,著《焚椒录》一文,将懿德皇后的冤屈大白于天下,避免了这段故事湮没于历史之中。

王鼎,字虚中,现河北涿县人。据史载,王鼎小的时候,非常好学,曾经在太宁山中读了数年的书,由于他天赋聪慧,加之勤奋好学,所以年纪轻轻就已博览群书,通晓经史。当时有一位文人叫作马唐骏,因其擅长写作诗文而在燕蓟一带(今日之北京、河北一带)具有很高的名望。有一年正赶上上巳节,马唐骏于是就约了几个志同道合的朋友在河边举行了祓禊仪式,在一起沐浴春水,嬉游采兰,饮酒赋诗。王鼎也碰巧参加了这次盛会,马唐骏见他质朴无华,就把他安排到了一个下等的座位。席间,故意叫王鼎赋诗一首,想出

祓禊

辽金元文

出他的丑。但没想到,王鼎拿起笔来,一挥而就,且意境深幽,辞采华美。马唐骏惊叹于他的敏捷颖慧,便与他结拜为好友。

王鼎果然才气了得,清宁五年(1059年),中了进士,先后任易州观察判官、

涞水县令，一直升任翰林学士，当时的制度法令大多出自他手。他曾上书陈说治理国家的十条建议，得到了道宗皇帝的认可，认为他通晓为政的要领，遇事经常向他咨询。

王鼎为人直爽豪迈，刚正不阿，身上有着幽燕男儿的侠义之气。据传，王鼎在担任县宰的时候，有一次在庭院中休息，不想刮起一阵狂风，竟然将他连人带床刮到了空中。王鼎面无惧色，说道："我是朝中的正直之士，邪不压正，还不快将我慢慢放下。"话刚说完，床就落到了原地，风也停了。正是这样的一身正气，使他不能对萧观音的遭遇冷眼旁观，他在《焚椒录》的序言中写道：

> 鼎於咸、太之际，方侍禁近，会有懿德皇后之变。一时南北面官，悉以异说赴权，互为证足。遂使懿德蒙被淫丑，不可湔浣。嗟嗟，大墨蔽天，白日不照，其能户说以相白乎？鼎妇乳媪之女蒙哥，为耶律乙辛宠婢，知其奸搆最详。而萧司徒复为鼎道其始末，更有加於姬者。因相与执手，叹其冤诬，至为涕淫淫下也。观变以来，忽复数载。顷以待罪可敦城，去乡数千里，视日如岁。触景兴怀，旧感来集，乃直书其事，用俟后之良史。若夫少海翻波，变为险陆，则有司徒公之实录在。大安五年春三月前观书殿学士臣王鼎谨序。

此文作于王鼎流放之时，其为皇后辩诬，笔端颇带情感。由于有感于自身的流贬经历，因此，对此事的叙说，不同于一般的客观叙事，而是饱含愤慨。寿隆初，王鼎在观书殿学士任上。一次，喝醉酒后与宾客斗嘴，话语中流露出皇上不了解自己的意思。此事报知道宗皇帝，皇帝大怒，对其实施杖刑，并脸上刺字，流放至镇州。过了多年，赶上了朝廷大赦天下，但只有王鼎没有在赦免之列。适逢镇州地方官召王鼎撰写贺表，王鼎顺便写了一首诗赠给了使者，其中有一句是："谁知

《焚椒录》

天雨露,独不到孤寒。"孤苦之情,溢于言表。此诗被皇上闻知,怜悯于他,当即将他召回,恢复了他的官职。

　　王鼎对皇后萧观音的死,是满怀同情和愤慨的。他作《焚椒录》的本意就在于要为懿德皇后洗刷冤屈。从其序中可以得知,他并非只是为萧观音的遭遇洒几滴同情的眼泪而已,而是以切实的依据叙述了整个事情的原委,以期后来之良史明辨是非,将这段史实记入史册。王鼎在辽咸庸、太康年间为皇帝近侍,对皇宫的情况当然应有所耳闻,对耶律乙辛的嚣张跋扈、恃宠横行也是看在眼里的。这段史实更确凿的情况则来源于王鼎妻子的乳母的女儿蒙哥和萧司徒。蒙哥是奸臣耶律乙辛宠爱的一个婢女,服侍在耶律乙辛周围,当然能够知道其设计谋害懿德皇后的累累罪行。更详细的情况则是来源于萧司徒的叙说。萧司徒即萧惟信,"资沉毅,笃志于学",曾任北院枢密副使。当耶律乙辛企图通过污蔑废掉太子的时候,朝廷内外都知道太子的冤屈,但是却没有人敢于站出来,只有萧

萧观音画像

惟信当庭抗争。在抗议没有效果的情况下,他选择了告老还乡。当耶律乙辛、张孝杰毒刑拷打赵惟一,逼其诬服与萧后私通后,萧惟信劝诫耶律乙辛、张孝杰说:"懿德皇后贤明端重,掌管后宫,养育储君,这是国之根本,是一代国母!怎么能听信一个叛臣女婢的一面之词呢!你等都身为大臣,应当辨明真相,为皇后洗刷委屈,烹了这种小人来报效国家,以正国之威严。你们一定要三思而行!"正是这样一个忠肝义胆、正直不阿的人,当自己无法改变这悲剧发生的时候,才会激愤愧疚,与王鼎执手叹息,泪流满面。

　　王鼎除著述《焚椒录》之外,还创作了《懿德皇后论》等文章为萧观音辩诬,其作品文笔间都流露着他刚正不阿的性格,加之其文采浓郁的表述,在以质朴无文为典型特征的辽文中,也算一朵奇葩。

辽金元文

惟有知情一片月，曾窥飞燕入昭阳

——耶律乙辛《奏懿德皇后私伶官疏》

懿德皇后萧观音，是北面官南院枢密使萧孝惠之女。传说，她的母亲耶律氏做梦梦见月亮落入怀中，然后又从东方升起，光辉灿烂，让人不可仰视。当月亮渐渐升到中天时，突然被天狗吃了，惊恐中耶律氏醒了，生下了萧观音。耶律氏把此事说给丈夫听，萧孝惠沉默了片刻，说："这个孩子将来必然大富大贵，但不得善终，初五生孩子，向来是古人所忌讳的。但命已至此，又能怎么样呢？"不料，她父亲的这句话，却一语成谶。

萧观音幼时聪颖过人，能诵诗书。待到年纪稍长，姿容端丽，美艳动人，见过她的人，不禁

萧观音

辽金元文

被她的美丽所折服，都把她当作观音来看待，于是小名就叫观音。重熙二十二年（1053年），耶律洪基当上了太子，进而晋封燕赵王，爱慕观音的贤淑美丽，将她纳为妃子。萧观音性格婉顺，善解人意，又能歌善诗，弹得一手好琵琶，因此得到了耶律洪基的宠幸，待其登上皇位之后，就册立她为皇后。

清宁二年（1056年）八月，皇帝狩猎于秋山，皇后率众嫔妃随行。行至伏虎林，耶律洪基命皇后赋诗，萧观音应声而作《伏虎林应制诗》：

威风万里压南邦，东去能翻鸭绿江。

灵怪大千俱破胆，哪教猛虎不投降。

　　此诗豪情跃溢，气势磅礴，耶律洪基听罢大喜，把它展示给群臣看，称赞道："皇后真是女中的才子啊！"第二天，道宗持弓射猎，突然林中蹿出一只大虫，他搭弓射箭，说："朕一定要射得此虎，才不愧对皇后的诗作。"说罢，一发毙命，群臣皆呼万岁。

　　清宁三年，道宗皇帝赋《君臣同志华夷同风诗》进献皇太后，萧观音应制附和《君臣同志华夷同风应制》。诗云：

虞廷开盛轨，王会合奇琛。

到处承天意，皆同捧日心。

文章同谷蠡，声教薄鸡林。

大寓看交泰，应知无古今。

　　全诗对仗工整，内容典雅庄重，鲜明地表达了辽国君臣齐心协力实现文治理想的决心。诗中将辽廷比作虞廷，将辽国的教化之盛抬高到与中原文明等同的位置，流露出了萧观音对中原文化的认同和仰慕。而诗中对典故的熟练运用，则可以看出其汉化之深，这却恰恰构成了其悲剧命运的一个重要原因。

　　契丹是个游牧民族，崇尚狩猎，而耶律洪基更是擅长于此。他常常跨马持弓，瞬息百里，穿梭于高山密林之间，扈从求之而不得。耽于狩猎，必然影响朝政，皇后上《谏猎疏》规劝，一是表达了对皇帝安全的担心，另外也用《老子》之道理，劝耶律洪

《卓歇图》(局部)

基不要沉溺于狩猎而荒于朝政。道宗表面上接受了她的劝告,实际上内心却渐渐地对她开始疏远。

耶律洪基的疏远,使萧观音感到十分痛苦,想到了陈皇后千金买赋的故事,于是也作了《回心院词》十首,想借此挽回耶律洪基的心。词中写道:"扫深殿,闭久金铺暗。游丝络网尘作堆,积岁青苔厚阶面。扫深殿,待君宴。……"词写得缠绵悱恻,柔肠寸断,倾诉了失宠后的凄凉之苦,抒发了对重新得到丈夫爱恋的渴盼之情。随后,雅好音乐的她,又将此词叫伶官赵惟一等人谱曲演奏,以排遣满腔抑郁之情,不料,这却给自己埋下了祸根。

太康元年(1075 年),太子濬开始参与朝政,这使权臣耶律乙辛的行动受到了限制。为了排除异己,耶律乙辛处心积虑,千方百计打压太子与皇后的势力,一场针对懿德皇后的险恶阴谋在其内心慢慢酝酿着。

《回心院词》曲成,唯有伶官赵惟一能弹,很受恩宠,耶律乙辛便从这里做起了文章。宫婢单登,本为叛臣重元家的婢女,也善弹筝和琵琶,总想跟赵惟一争高低,时常抱怨皇后不知遇自己。皇后于是将单登召至跟前,与其对弹四旦二十八调,单登都不如皇后,于是愧耻拜服,但内心却燃起了仇恨。道宗曾召单登弹筝,皇后劝谏说:"此叛家婢,女中独无豫让乎? 安得亲近御前。"于是将单登遣往直外别院,单登由此怀恨在心。单登的妹子清子嫁给了教坊朱顶鹤为妻,与耶律乙辛较为暧昧。单登每次在清子面前诬蔑皇后与赵惟一私通,耶律乙辛都知道得清清楚楚。这是一个天赐良机,但又担心证据不足,于是命他人作《十香词》,暗地里嘱咐清子,让单登求皇后的手书。单登见过皇后,欺骗她说这是宋朝皇后的诗作,如果能加上皇后的书法,则可以称为二绝。萧观音信以为真,便将《十香词》抄录一遍,并在末尾赋诗一首:

辽金元文

> 宫中只数赵家妆,败雨残云误汉王。
> 惟有知情一片月,曾窥飞燕入昭阳。

此诗借汉宫赵飞燕的故事自况,借历史题材倾吐心中压抑,并一反历史偏见,通过描写一个被扭曲的飞燕形象,使自己的心灵得到净化。语言流畅细腻,既清刚直率,又含蓄蕴藉。

耶律乙辛拿到手书之后,命单登与朱顶鹤赴北院告发萧皇后与伶官赵惟一私通,有《十香词》为证。耶律乙辛则持《奏懿德皇后私伶官疏》呈于道宗:

大康元年十月二十三日,据外直别院宫婢单登及教坊朱顶鹤陈首,本坊伶官赵惟一向要结本坊入内承直高长命,以弹筝琵琶得召入内。沐上恩宠,乃辄干冒禁典,谋侍懿德皇后御前。忽於咸雍六年九月,驾幸木叶山,惟一公称有懿德皇后旨,召入弹筝。

于时皇后以御制《回心院曲》十首付惟一入调,自辰至酉,调成。皇后向帘下目之,遂隔帘与惟一对弹。及昏,命烛。传命惟一去官服,著绿巾、金抹额、窄袖紫罗衫、珠带乌靴。皇后亦著紫金百凤衫、杏黄金缕裙,上戴百宝花髻,下穿红凤花靴。召惟一更入内帐,对弹琵琶。命酒对饮,或饮或弹。至院鼓三下,敕内侍出帐。登时当直帐,不复闻帐内弹饮,但闻笑声。登亦心动,密从帐外听之,闻后言曰:"可封有用郎君"……院鼓四下,后唤登揭帐,曰:"惟一醉不起,可为我叫醒。"登叫惟一百通,始为醒状。乃起,拜辞。后赐金帛一箧,谢恩而出。其后驾还,虽时召见,不敢入帐。后深怀思,因作《十香词》赐惟一。惟一持出,夸示同官朱顶鹤。朱顶鹤遂手夺其词,使妇清子问登。登惧事发连坐。乘暇泣谏。后怒,痛答,遂斥外直。但朱顶鹤与登共悉此事,使含忍不言,一朝败露,安免株坐,故敢首陈,乞为转奏,以正刑诛。

臣惟皇帝以至德统天,化及无外,寡妻匹妇,莫不刑于。今宫帐深密,忽有异言,其有关治化,良非渺小。故不忍隐讳,辄据词并手书《十香词》一纸,密奏以闻。

辽金元文

这是一篇极具特点的文章,叙述描写,穷形尽相,备述细节,声态并作,信而有征,在历代奏疏当中,实属罕见。如不是根据事实,单靠虚构想象,也极见作者功力。

道宗皇帝阅读完奏疏后大怒,立即召皇后责问。皇后痛哭流涕,辩白道:"我已身为皇后,地位已至女人的顶点。且儿子已为太子,又

箫观音

念往昔华龙逐凤门的数绰
堪悲恨相缕千古很不对此

萧观音　彭连熙绘

将生下皇孙，膝下儿女满堂，我又怎么能做出这种淫乱失行之事？"道宗拿出《十香词》，问道："这难道不是你的手书吗？还有什么话说！"皇后见状，百般辩解，但道宗哪里听得进去，愤怒之中，操起铁骨朵向皇后头上打去，皇后几乎殒命。接着，道宗命耶律乙辛和张孝杰办理此案。他们对赵惟一、高长命严刑拷打，致使赵惟一屈打成招。审理完毕，上奏皇上。道宗看完卷宗之后，对萧观音的《怀古诗》颇有疑惑："这是皇后在骂赵飞燕，既然如此，又为什么要写《十香词》呢？"于是犹豫不决。这时，张孝杰进献谗言："这正是皇后想念赵惟一啊。"道宗说："何以见得？"张孝杰答道："'宫中只数赵家妆''惟有知情一片月'，这二句分明包含着赵惟一三个字啊。"道宗怒不可遏，遂下令族诛赵惟一，处斩高长命，敕皇后自尽。当时皇太子及诸公主痛哭流涕，祈求代母而死，但皇帝此心已决。懿德皇后要求在死前见道宗一面，未得到允许，于是望帝居之所而拜，作《绝命词》一首：

> 嗟薄祐兮多幸，羌作俪兮皇家。承昊穹兮下覆，近日月兮分华。
> 托后钧兮凝位，忽前星兮启耀。虽蚍累兮黄床，庶无罪兮宗庙。
> 欲贯鱼兮上进，乘阳德兮天飞。岂祸生兮无朕，蒙秽恶兮宫闱。
> 将剖心兮自陈，冀回照兮白日。宁庶女兮多惭，遏飞霜兮下击。
> 顾子女兮哀顿，对左右兮摧伤。共西曜兮将坠，忽吾去兮椒房。
> 呼天地兮惨悴，恨今古兮安极？知我生兮必死，又焉爱兮旦夕？

辽金元文

然后深闭宫门，以白练自尽而死。一代皇后，就这样香消玉殒，时年三十六岁。

懿德皇后死后，耶律乙辛又将矛头对准了太子。耶律洪基又听信谗言，将太子贬为庶民。但太子仍未能逃脱厄运，最终惨死于耶律乙辛之手。到了晚年，耶律洪基对自己的行为有所悔意，将内心的愧疚都弥补到了耶律濬之子耶律延禧的身上。他死后，孙子耶律延禧即位，才为父母平冤昭雪，将萧观音与耶律洪基合葬一处，追谥为宣懿皇后。

愿君共事烹身语，易取皇家万世安

——马植《密遣人至雄州投蜡丸书》

马植是中国历史上一位具有传奇色彩的人物，他赤胆忠心，胸怀大略，将击破胡虏、还归中国作为人生理想，却不料促成了北宋的灭亡，成了一位饱受争议的悲剧性人物。

马植，又名李良嗣、赵良嗣，祖先为居住于幽云十六州的汉民，世代在辽供职，而他却一心想恢复汉家的统治。马植为人聪慧，有谋略，口才出众，在辽任光禄卿。1111年，宋童贯出使辽国。期间，马植多次密见童贯，向童贯献策，希望能让宋朝联合势头强劲的金人，共同破辽。1115年，马植秘密派人向宋朝的雄州投了一封致童贯的蜡丸信：

密遣人至雄州投蜡丸书

天庆五年三月二日，辽国光禄卿李良嗣，谨对天日斋沐裁书拜上安抚太师足下：良嗣族本汉人，素居燕京霍阴，自远祖以来，悉登仕路。虽披裘食禄，不绝如线，然未尝少忘尧风，欲褫左衽，而莫遂其志。

比者，国君嗣位以来，排斥忠良，引用群小；女真侵陵，官兵奔北；盗贼蜂起，攻陷州县；边报日闻，民罹涂炭；宗社倾危，指日可待。迩又天祚下诏，亲征女真，军民闻之，无不惶骇。揣其军情，无有斗志。

良嗣虽愚憨无知，度其事势，辽国必亡。良嗣日夜筹思，偷生无地。因省《易·系》有云："见几而作，不俟终日。"《语》不云乎："危邦不入，乱邦不居。"良嗣久服先王之教，敢佩斯言。欲举家贪生，南归圣域，得服汉家衣裳，以酬素志。伏望察良嗣忱诚，不忘悯恤辙鱼，代奏朝廷，速俾向化。倘蒙睿旨，允其愚恳。预叱会期，俯伏前去，不胜万幸。

文中介绍了自己的身份,表达了自己的人生诉求:虽然几代人都食辽朝俸禄,但内心却从来没有忘掉自己的身份。随后,马植认真分析了辽国目前所面临的形式,表达了自己愿回归大宋的意图。整篇书信简洁凝练,无冗杂烦琐之句,条理清晰,直奔主题,少有设文造情之处,体现出了辽代散文追求实用、质实淳朴、不尚温婉华丽的特点。

马植对辽形势的分析,并非只是为自己南归寻找依据,所反映的情况,基本上符合事实,此时的辽朝的确处于风雨飘摇之中。道宗皇帝死后,他的孙子耶律延禧即位,即天祚帝。即位之初,他铲除了耶律乙辛的党羽,为自己的父亲、祖母和其他受耶律乙辛迫害的大臣平冤昭雪,但随后却任用萧奉先、萧德里底等佞臣,一味游猎,生活荒淫奢侈,不理国政,致使宗室贵族之间的争斗愈演愈烈,人民起义此起彼伏,各部族首领也纷纷起兵反辽,辽统治趋于崩溃。在外部,他用极其傲慢和愚蠢的态度对

海东青戏鹅坠　现代

待女真等民族,却漠视那一步步靠近的威胁。女真族是北方的一支古老民族,生活于白山黑水之间,以渔猎为生,善于驯养一种能够捕捉天鹅的猛禽——海东青。当时,辽朝政府每年都会向他们征收大量的海东青以及人参、貂皮等土特产,女真百姓不堪重负,渐渐产生了对辽朝的不满。1112年冬,天祚帝依然按照惯例来到春州进行季节性垂钓远行。在这里,又按照惯例,包括东北北部的生女真在内的东北部落诸首领都要前来朝觐,以示忠心。在皇帝招待部落首领的"头鱼宴"上,耶律延禧略有醉意,于是命令各部首领跳舞助兴。各部首领虽然心里极不情愿,但他们心里清楚,这名为跳舞,实为检验是否顺从,于是都佯装高兴地跳了起来。然而,在人群当中,却有一个来自于完颜部的年轻人完颜阿骨打迟迟不跳,天祚帝再三催促,这个年轻人始终推脱不会。天祚帝异常愤怒,对大臣萧奉先说:"阿骨打如此跋扈不羁,实在让人难以容忍,不如立即杀掉

他,免生后患。"然而,萧奉先却根本没把这个女真的年轻人放在眼里,他阻止了天祚帝的行为,说:"皇帝不值得为一个女真穷小子大动干戈,杀他有损我们对附属国的教化。"阿骨打因此得以幸免。事实证明,这是一次行将导致一个王朝覆灭的错误决定。

马植在雄州刺史的协助下,回到了宋朝,藏匿于童贯的家中,并在童贯的引荐下,与宋徽宗见了面。李良嗣向徽宗全面介绍了辽国危机和金国的崛起,预言辽朝必然灭亡,

辽天祚帝耶律延禧

认为宋朝应该抓住这千载难逢的良机,与女真联手,共同对付辽朝,并可借机出兵收复中原王朝以前丧失的疆土。徽宗大喜,当即赐李良嗣国姓赵,授以官职。从此,宋朝开始了联金灭辽、光复燕云之举。

于是,宋朝派出了使者,与女真共商伐辽大计。1120年,李良嗣又以贩马为名,出使金国。在那里,李良嗣见到了完颜阿骨打,陈说了联金抗辽的意图,几经周折,双方终于签订了历史上著名的"海上之盟"。盟约中,双方就共同攻辽基本达成一致,金国攻取辽国的中京大定府,北宋负责攻取辽国的燕京析津府和西京大同府。灭辽后,燕云之地归宋,宋把过去每年给辽的岁币如数转给金

辽金元文

国。回来的路上,李良嗣满怀憧憬,抑制不住内心的兴奋,作诗一首:"朔风吹雪下鸡山,烛暗穹庐夜色寒。闻道燕然好消息,晓来驿骑报平安。"高兴之情,溢于言表。然而随行的副使马扩,对此却很悲观,见李良嗣诗作,附和一首:"未见燕铭勒故山,再闻殊议骨毛寒。愿

靖康元宝

君共事烹身语,易取皇家万世安。"诗中对宋金联盟并不看好,对引起边疆争端而饱含批评、讽刺之意。

　　事情果然如马扩所料,宋金之盟只是一个绚丽的幻影,在希望破来了噩梦般的灾难。金人以摧枯拉朽之势攻下了辽的中京与西京,终犹豫不决,迟迟未能发兵。当天祚帝逃入山中,辽朝败局已定时,徽宗童贯带领 15 万大军以巡边为名向燕京进发,打算坐收渔翁之利。但这批人马一到燕京便遭到辽将耶律大石部的袭击,大败而归。在接下来的对辽战斗中,宋朝均遭败绩。这让完颜阿骨打对宋朝的底细了如指掌,于是对宋朝的态度也愈发地傲慢起来了。灭辽之后,当双方准备分割战争成果时,完颜阿骨打完全背弃了前约,几经交涉,才答应将燕京附近的几个州归还宋朝。当宋朝君臣为自己的成功欢呼雀跃时,危险却在一步步向他们逼近。靖康元年(1126年),金军借破辽之盛勇,回转兵锋,直逼北宋而来。靖

宋徽宗赵佶

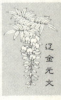

康二年,金兵俘掠徽钦二宗北上,北宋灭亡,留给了历史一个难以洗刷的耻辱。

　　李良嗣的结局也并不好,靖康元年,当金兵南下之时,他就被朝廷以破坏宋辽百年之好,诱引金兵,祸及中国的罪名处死,他的妻子也被充军。回顾这段历史,李良嗣以忠君报国之心,献上奇谋,意图收复幽云,一雪前耻,不料却与虎谋皮,引火烧身,白白葬送了一个北宋王朝,此乃历史的悲剧抑或人生之悲剧?

故事里的金文

祖述辽宋　道劲刚健

完颜阿骨打建立了金朝之后,十分注重对先进汉文化的学习,使得有金一代在文化上也粲然可观。对此,《金史·艺文》曾予以评价:"金用武得国,无以异于辽,而一代制作,能自树立唐宋之间,有非辽世所及,以文而不以武也。"在散文的创作上,金代继承了辽与北宋的衣钵,并在此基础上有所发展、创新,正如《四库全书总目提要》所说:"宋自南渡以后,议论多而事功少,道学盛而文章衰。中原文献,实并入於金。"可见,金代散文创作对前代的继承并非照单全收,而是在本朝文化喜好的支配之下,有所选择,并且融入了自己的文化特点。这种交织着多种文化元素的散文,也许缺乏了一点绮丽和细腻,但却裹挟着北方民族的豪野粗犷之风,一扫北宋散文中的柔弱浮靡之气,显现出遒劲刚健的风格特点来。

金代的散文,依照社会的发展历程,大致可以划分为四个阶段。第一个为太祖、太宗、熙宗、海陵王时期。在这个时期,金朝刚刚灭辽克宋,尚无暇偃武修文，因此，这一阶段的散文大家，如韩昉、宇文虚中、高士谈、蔡松年等，几乎都来自于辽、宋，即所谓的"借才异代"。这一时期的散文以实用性文章为主，彰显了一个新兴王朝蓬勃向上的精神面貌，同时，也夹杂着入金文人对世路坎坷的慨叹和屈身侍敌的矛盾与愧疚。第二个阶段为世宗、章宗时期。在这一时期，蔡珪、王寂、党怀英、王庭筠等金朝自己培养出来的散文家已崭露头角，形成了能彰显自己特点的雄健风格。从宣宗"贞祐南渡"到哀宗逃离汴京是第三个阶段。赵秉文、杨云翼、王若虚、李纯甫等散文大家悉数登场，促成了散文的繁荣。散文的风格亦更加丰富，出现了平淡与奇古等不同的发展趋势。最后一阶段是指从"壬辰北渡"至元朝初期。元好问、李俊民等金朝遗民饱受战争之苦与亡国之悲，文风也归于平易，格调苍凉。

辽金元文

遥夜沉沉满幕霜,有时归梦到家乡

—— 宇文虚中的家书

金源立国之初,正是文人匮乏之际,为了弥补这方面的不足,政府广泛搜罗人才,于是一批由辽入金以及由宋入金的文人,就成了金朝前期的文化支柱,这就是所谓的"借才异代"。宇文虚中正是这样一位出使金国而被扣留的宋朝官员,然而,这样的人生际遇恰恰成就了他在金代文化史上的辉煌,使其成为金代初期文坛的一代盟主。与此同时,其复杂多变的人生,也让后人聚讼纷纭,褒贬不一。

宇文虚中,字书通,成都华阳人,历仕宋、金两朝,本有文集流传于世,可惜大多都已散佚。留存下来的文章寥寥无几,其中滞留金朝期间所写的几封书信,则很能反映出他当时的心绪。

> 虚中囚系异域,生理殆尽,困苦濒死,自古所无。中遭胁迫,幸全素守,唯一节一心,待死而已,终期不负社稷。念虚中遭遇主上,最先众人,往日在京城外,迎奉归城中,粗殚犬马之力。今日之厄,亦为国事,分所当为,夫复何憾。
>
> ——《寄弟书》

> 自离家五年,幽囚困苦,非人理所堪。今年五十三岁,须发半白,满目无亲,衣食仅续。惟期一节,不负社稷,不愧神明。至如思念君亲,岂忘寤寐;俯及儿女,顷刻不忘。度事势,绝不得归。纵得归亦得在数年以后。兀然旅馆,待死而已。
>
> ——《寄内书》

> 中遭迫协,幸全素守。惟期一节,不负社稷。一行百人,今存者十二三人。有人使行,可附数千缯物来,以救艰厄。昨有人自东北来,太上亦须茗药之属。无以应命,甚恨其负。
>
> ——《与家人书》

辽金元文

· 035 ·

三篇家书情意拳拳，言辞恳切，有困顿思乡的苦恼，亦有持节不辱的不屈气节。文章没有宋朝散文的那种含蓄吞吐，却有北方民族所具有的朴实直率。

宇文虚中在出使金朝之前，已有文名，曾任起居舍人、国史院编修官等职。此时，正值女真崛起，辽朝势力衰落之时。宋朝见有机可乘，想借女真的力量对抗辽朝，遂与金签订了海上之盟，希望能借此收回幽云十六州。此举遭到了宇文虚中的强烈反对，他认为，宋与辽议和，多年来已相安无事，其间，辽虽偶有侵扰，但所图不过数个县城而已。宋辽两国唇齿相依，一旦宋金联合灭掉辽，那么强悍的金人必然借势南下进攻宋国，到那时，"中国之祸未有宁息之期也"。宇文虚中这番话合乎情理，但却遭到了当权宰相王黼的反对。宋徽宗听信王黼的逸言，将宇文虚中降为集英殿修撰。宇文虚中不屈不挠，又连续上了十一策、二十议，但都被王黼压了下来。

《芙蓉锦鸡图轴》 宋徽宗

辽金元文

后来的事情都不幸被宇文虚中言中了，金灭辽之后，违背约定，不但没有归还幽云十六州，反而调转兵锋，向宋逼来。此时的宋徽宗才如梦方醒，他想起了宇文虚中之前的谏言，后悔不已，于是命令宇文虚中草拟了一份《罪己诏》颁示天下，然后匆匆忙忙地将帝位让给了儿子赵桓。

金军一路势如破竹，直逼东京汴梁。宋钦宗只得委曲求全，派人向金人求和，并以割地为条件，又以康王赵构作为人质，才让金兵退却。但未想到，主战派李纲扣下了割让河北三镇的诏书，引得金兵再次来袭。宋钦宗只得再派大臣议和，但由于此次议和必然凶多吉少，大臣们都不愿前往。最后还是宇文虚中挺身而出，数次来往于金营，金兵始退，宇文虚中迎康王而归。

金兵退后，诸大臣却因虚中以口舌说退金兵而使王师无力，颇为嫉恨，纷纷指责其丧权辱国。钦宗无奈，只得将其降职外任。就在宇文虚中被赶出京城的第二年，金军攻下了汴梁，掳掠徽、钦二宗北归，北宋灭亡。

靖康之变

建炎二年(1128年),宋高宗赵构下诏寻求使者出使金国,迎请徽、钦二宗回朝。宇文虚中以流放罪臣的身份应诏,被任命为资政殿大学士和祈请使,与杨可辅一同出使金国。不料入金后,他被完颜宗翰拘留在云中。第二年,金人将宋使一并遣归,宇文虚中却执意要留下来,他说:"我奉命出使,意在祈请二帝,如果他们回不去,那么我也不回去了。"宇文虚中此举,对于当时求贤若渴的金人来说,无异于一件天大的好事。有人曾说:"得汴京时欢喜,尤不如得相公时欢喜。"其后,虚中屡受重用,累官翰林学士、知制诰,封河南郡国公。

虽身享金国高官厚禄,但对于濡染儒家忠君思想甚深的宇文虚中来说,却一饭未敢忘君恩。他不但要忍受着去国怀乡的情感羁绊,还要忍受屈仕敌国后内心的痛苦与挣扎。羁留北方之后,虚中持节不辱,曾以苏武自比,他在诗中写道:"遥夜沉沉满幕霜,有时归梦到家乡。传闻已筑西河馆,自许能肥北海羊。回首两朝俱草莽,驰心万里绝农桑。人生一死浑闲事,裂眦穿胸不汝忘。"可谓坚贞不渝,视死如归。对于宇文虚中仕金,历来多有争议,如当时洪浩就说他"卖国图利,靡身不为"。后人也不认同他的做法,《滋溪文稿》就曾说,"宇文虚中者,既失身仕金为显官矣"。对此,宇文虚中有自己的看法。面对着曾共同使金、经历了九死一生得以还归宋朝的使者,宇文虚中欷歔不已,道出了自己的心声:"大丈夫身拘异域,不能为国家建立奇功,却要像那些匹夫匹妇所为,以自杀来示忠心,这不是我的志向。"宇文虚中是这样说的,也是这样做的。

公元1132年,宇文虚中得知,金人欲由陕入川,形成对南宋的包围之势,于是秘密派人将金军的进攻路线和企图一一报告给宋朝。宋接到情报后,做好了

辽金元文

积极的防御准备。宋张浚与诸将约好,如果金兵进攻四川,就相互增援。1133年正月,金军果然大举攻蜀,因为有了前期的准备,所以宋军在蜀口之战中打败金军,大大地挫伤了他们的士气。

金与宋进行了长期的对峙,战场的形势逐渐朝着对南宋有利的方向发展,金国统帅完颜宗弼认清形势之后,也有议和的打算。正是看清了这种倾向,每当金国朝议南侵之事时,宇文虚中就以南征靡费甚巨、得不偿失为由,阻止金国出兵。南宋的议和使者王伦看到了这些情形,回朝后这样赞许宇文虚中:"虚中奉使日久,守节不屈。"

另外,宇文虚中任职北方期间,得知许多东北的爱国志士不甘心臣服于金廷,于是他秘密地进行联络,以爱国大义感发他们,遂结成了一股反金的力量。

宇文虚中的这些活动渐渐地让金人有所觉察,加之虚中平时恃才傲物,好讥讪,将金人以粗鲁野蛮之人看待,早就引起了达官贵族的不满,因此,1139年当完颜宗弼晋升为都元帅,掌握了金国朝政,为斩断宇文虚中的退路,向南宋索要宇文虚中的家属。宇文虚中得知这一情况后,曾托南宋偵臣王伦密奏赵构说:"如果金人索要我的家属,就说我的家人已经被乱兵所杀。"然而,奸相秦桧唯恐虚中阻挠和议,将宇文虚中一家老小尽数送与金人。

1146年,宇文虚中欲密谋救出徽、钦二宗,还归南宋,但不料被人告发。宇文虚中已有警觉,于是与高士谈等人一道,想趁熙宗祭天之时劫杀他。但最终事情败露,宇文虚中一家百余口全部被杀害了。

宇文虚中的一生是悲壮的一生,他用自己和家人的生命,报效了大宋的江山社稷,不辱一生名节。此外,对于金朝来说,他也是文化史上具有里程碑式的一个人物。在他入金的十几年中,将先进的中原文化带到了女真社会,从而为金代文化的繁荣和发展奠定了基础,为宋金之间的文化交流,做出了不可磨灭的贡献。

辽金元文

誓收此身去，田园事春耕

——蔡松年《水龙吟·赠杨德茂·序》

蔡松年，字伯坚，自号萧闲老人，本为余杭人，长于汴京。1125年随父降于金，官拜右丞相，为金代文人中爵位最重者。其诗文俱佳，尤其擅长填词，与另一位由宋入金的著名文人吴激齐名，号称"吴蔡体"。由于金代大量文献散佚，其文章于今已不见流传，但其作于词首的序言则是篇幅可观，文笔清丽，完全可以视为散文中的佳作。通观这十多篇序言，我们可以发现充溢其中的一个共同主题：隐逸。作为一个位高权重、擅名词场的金朝重臣，却身在魏阙，心在江湖，其中个味，很耐我们品味。兹举一例如下：

余始年二十余，岁在丁未，与故人东山吴季高父论求田问舍事。数为余言，怀卫间风气清淑，物产奇丽，相约他年为终焉之计。尔后事与愿违，遑遑未暇。故其晚年诗曰："梦想淇园上，春林布谷声。"又曰："故交半在青云上，乞取淇园作醉乡。"盖志此也。东山高情远韵，参之魏晋诸贤而无愧，天下共知之。不幸年逾五十，遂下世，今墓木将拱矣。雅志莫遂，令人短气。余既沉迷簿领，颜鬓苍然，倦游之心弥切。悠悠风尘，少遇会心者，道此真乐。

然中年以来，宦游南北，闻客谈个中风物益详熟。顷因公事，亦一过之，盖其地居太行之麓，土温且沃，而无南州卑湿之患。际山多瘦梅修竹，石根沙缝，出泉无数，清莹秀澈若冰玉。稻塍莲荡，香气蒙蒙，连亘数十里。又有幽兰瑞香，其他珍木奇卉。举目皆崇山峻岭，烟霏空翠，吞吐飞射，阴晴朝暮，变态百出，真所谓行山阴道中。癸酉岁，遂买田于苏门之下，孙公和邵尧夫之遗迹在焉。将营草堂，以寄余龄。巾车短艇，偶有清兴，往来不过三数百里，而前之佳境，悉为己有，岂不适哉。但空疏之迹，晚被宠荣，叨陪国论，上恩未报，未敢遽言乞骸。若

辽金元文

俛勉驽力，加以数年，庶几早遂麋鹿之性。双清道人田唐卿，清真简秀，有林壑癖，与余作苍烟寂寞之友。而友人杨德茂，博学冲素，游心绘事，暇日商略新意，广远公莲社图，作卧披短轴。感念退休之意，作越调《水龙吟》以报之。

此为词作《水龙吟·赠杨德茂》序言，篇首念旧怀人，人生无限感慨，杂陈心中。当年与吴彦高相许归隐山林，此志未遂，而人已离去。而今，自己已两鬓苍白，仍耽于世务，但心中对山林的渴望愈加迫切。

吴激，字彦高，金代著名词人、书画家。他是宋代著名画家米芾的女婿，绘画书法皆得米芾真传，享名当世。北宋钦宗靖康二年（1127年），吴激奉命使金，金知其文名而将其留在了北方，授予翰林待制一职，其词作造语清婉，哀而不伤，多剪裁前人诗句，点石成金，在金朝享有极高的声誉，被元好问称为"国朝第一作手"。吴激与蔡松年的交往，应该可以推至宣和末年。当时，吴激在燕山府任职，是蔡松年之父蔡靖的僚属，而蔡松年此时也正在其父手下做文官，且两人之间还有一定的姻亲关系，因此，相与唱和，共谈理想，自然是闲暇时的一桩乐事。吴激出身于官宦之家，他在四十岁之前，大部分时间都是在江南的灵山秀水之间度过的。他在吴淞江中泛舟，在钱塘江上看潮，探寻禹穴，攀爬蜀道，山水成了他生命的寄托，也成了他心中故乡的记忆。因此，在吴激的心中充满了对大自然的热爱，也在其心中孕育了将来退隐山林的念头，这正与蔡松年的想法相契合。

辽金元文

屈身仕金之后，吴激满怀去国离乡的愁思，同时还要忍受身为"贰臣"的巨大心理煎熬，内心的痛苦往往借助于歌词宣泄出来。如被人广为传诵的《人月圆》一词，就将内心的悲怆显露无遗：

> 南朝千古伤心事，犹唱后庭花。旧时王谢，堂前燕子，飞向谁家？
> 恍然一梦，仙肌胜雪，宫髻堆鸦。江州司马，青衫泪湿，同是天涯。

相传吴激与宇文虚中一道到张侍御家赴宴，座中发现佐酒的一名歌妓竟然是大宋宗室之后，但如今也沦落异乡，成为歌妓。众人感慨万千，纷纷涕下，遂填词，以抒胸臆。宇文虚中作了一首《念奴娇》，其中"流落天涯俱是客，何必平生相熟"一句，感慨身世同悲，兴亡无常。而吴激的《人月圆》则触笔空灵，意境深远，巧化唐人典故而不露痕迹，将自己的沧桑感慨蕴于其中。此词一出，就受到众人的赞赏,也备受与其齐名的蔡松年的推崇,以至于以后再有人向蔡松年求乐府的时候,蔡松年竟这样答复他:"吴郎最近以乐府而知名天下,你可以到他那儿求取。"思乡怀国之念,愈到晚年,愈发迫切,他在《瑞鹤仙·寄友人》中写道:"羁旅馀生飘荡,地角天涯,故人何许。离肠最苦。思君意,渺南浦。会收身却向,小山丛桂,重寻林下旧侣。把千岩万壑云霞,暮年占取。"似乎只有寄身于山水之间,才能为心灵找一块栖身之地。

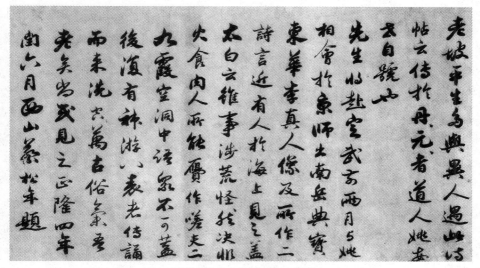

跋苏轼《李白仙诗卷》 蔡松年

辽金元文

与吴激相似,蔡松年也往往会抒发对山水生活的向往,但有别于吴激的是,由于蔡松年仕宋时间较短,加之他在金国的特殊际遇,其胸中少了一份对故国的怀悼,而多了一份对残酷现实的厌恶和逃避。

北宋末年,蔡松年随父亲蔡靖镇守燕山。宣和七年(1125年),金军逼近燕山府,守将郭药师战败,蔡松年随父降于金朝,开始了他在金朝的仕宦生涯。入金之时,蔡松年并未享用宋朝多少年的俸禄,因此,他并未像吴激、宇文虚中那样心中始终存有对故国的怀念和对宋朝王室的无限忠诚,相反,他在金朝兢兢业业,尽了一个臣子的职责。在其仕金期间,曾几度随金兵南下侵宋,对此,他并没有表现出多少愧疚之情,反而是在金主怀疑自己的时候,他极力要表现自己的忠心。《金史·蔡松年传》记载,金主海陵王怀疑蔡松年出使宋朝的时候,泄露了金兵模仿宋军,练习山呼声之事,这让蔡松年极其惶恐,连忙发誓辩解:"我若是怀有这样的心思,就应该被诛灭九族!"

由于蔡松年曾经与海陵王完颜亮共事于完颜宗弼手下,与之相交深厚,待完颜亮即位后，便提升他为吏部侍郎，不久又升为户部尚书。贞元元年（1153年），海陵王起了投鞭渡江之志，为了吸引南人归降，海陵王派世代仕宋且晋升高位的蔡松年出使宋国，回来后，改为礼部尚书。从此一路擢升，最终拜右丞相，加仪同三司，封卫国公。正隆四年（1159年）病卒，海陵王不胜惋惜，亲自前往府第祭奠，并命属文以表哀思。

蔡松年一生可谓官运亨通，但其作品中却流露出颇为矛盾的情绪，心中存留的民族意识和消极避祸的思想，让他厌倦政治和兵事，处处流露出归隐山林的念头。蔡松年在宋朝接受的是正统的儒家教育，这一定会在其心中留下痕迹。他虽曾参与金兵南侵，但他并没有积极支持这场战争，反而流露出了明显的厌战情绪。他随军南征时，写下了《洞仙歌·甲寅岁从师江濡戏作竹庐》一词，其中写道："竹篱茅舍，本是山家景。唤起兵前倦游兴。地床深稳坐，春入蒲团，天怜我，教养疏慵野性。雪坡孤月上，冰谷悲鸣，松竹萧萧夜初静。梦醒来，误喜收得闲身，不信有、俗物沈迷襟韵。待临水依山得生涯，要传取新规，再营幽胜。"他厌恶战争，山水田园的生活才是他的心灵归宿。

另外，政治场上的险象环生也让他疲惫不堪，内心充满了对欢畅自在的山水之乐的渴望。蔡松年所处的熙宗朝虽然号称风调雨顺、百姓安康，但这中间却存在着重重忧患。熙宗本人嗜酒好杀，当时人人自危。他崇尚汉族文化，在强力推行汉法、推行文治的过程中，加剧了改革派与女真守旧贵族的矛盾，朝野上下都笼罩在不安的气氛当中。蔡松年自然也难免置身于这复杂的社会矛盾、民族矛盾的漩涡当中。尤其是在皇统五年（1145年），同样是由宋仕金的宇文虚中、高士谈被残忍地杀害，更让蔡松年心惊胆战、度日如年。他感慨宦海风波的险恶，"仕途古今险，方寸风波惊"，"人道动有患，百态交相攻"。他就是在这样的心态中谋求生存，战战兢兢，生怕一语不慎而丧家殒命。这正是其在作品中一再显露出归隐思想的原

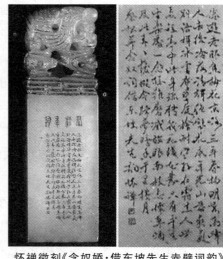

怀禅微刻《念奴娇·借东坡先生赤壁词韵》

因了。而在这篇《水龙吟·赠杨德茂》的序言中所表现出的对山水生活的无限向往，正可谓他真实心态的写照。

姚虞已拱垂衣手，山甫空劳补衮心

——王寂《三友轩记》

王寂，字元老，天德三年（1151年）进士，是金朝中期的一位重要文人，与蔡珪等人同属"国朝文派"的代表作家。王寂诗文兼擅，有诗文集《拙轩集》流传于世，《四库全书总目》称"寂诗境清刻镂露，有戛戛独造之风；古文亦博大疏畅，在大定、明昌间卓然不愧为作者"。元好问《中州集》亦称其"兴陵朝以文章、政事显"。《金文最》赞许更甚，称其"大定、明昌文苑之冠"。

王寂祖上为三槐王氏，可谓是身世显贵。他的父亲王础是金初名士，有着较为深厚的

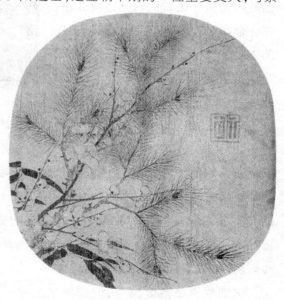

岁寒三友图页　赵孟坚

儒学涵养。出身于书香门第的王寂，自幼受到父亲的影响，饱读诗书，博学多才。同时，优渥的家庭环境，又为其自由个性的培养提供了理想的条件，所以年轻的王寂潇洒任性，诗酒风流，曾千金市马，驰骋田猎，尝酣酒赋诗，游春赏雨。元好问的《续夷坚志》中曾记载了王寂这样一个故事：王寂二十来岁的时候，刚刚在科举考试中显露了头角，正在县衙的后花园中读书。一天晚上，他独自在后花园的花草山石之间散步，遇到了一位年轻美貌的女子，心中暗生爱恋，于是问其姓名，说是前任杨县令之女。随后，王寂以言语挑逗她，女子没有发怒，只是脸上羞涩地含着微笑。这更助长了王寂的欲念，遂成就了一桩风流韵事。后

寒食游园，见杨县令幼女京娘之墓，则知所遇之女非人。回到了书舍，京娘随即而至，吐露了实情，并表示阴阳相隔，不能长久地在一起了。然后又告诉王寂，这次科举考试，他必然登科，但这中间可能有一定的波折，要他一定克服。王寂恋恋不舍，但京娘依然离去，走时与王寂相约于辽阳道中。王寂不久就病倒了，一个多月后略有恢复。王寂的母亲心疼儿子，不让他再赴科考，但王寂执意要驱车前去。当车行至辽阳时，遇大雨，道路泥泞不堪，走了数里车轴竟断了。此地前后二百多里都没有人家，这可

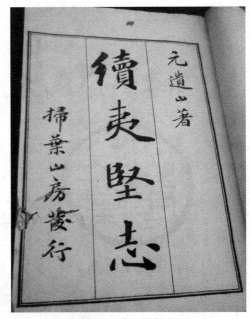

《续夷坚志》 元好问

让王寂犯了愁。正在此时，一个工匠扛着车轴，拿着工具从后面赶了过来。修好车之后，王寂暗自揣摩，若非京娘帮助，怎么可能有如此巧事。正准备前行，一辆车从眼前驶过，车上之人正是京娘。王寂惊喜异常，问："你怎么到这里来了？"京娘答道："你不记得我们当初的约定么？我知道你有难，所以特地前来相助。"王寂又问及自己的前程，京娘不语，随即蹬车，走时只说了一句"尚书珍重"。过了几天，王寂赶到了上京，果然在科举考试中中了进士。最终官至中都转运使、礼部尚书，数日后卒。

这则故事虽荒诞离奇，但却成了王寂一生的真实写照。天德三年（1151年），二十三岁的王寂进士及第，此时的王寂可谓是春风得意，壮志在胸，对未来充满了憧憬。但接下来，命运似乎就不再是顺风顺水了。进士及第后，他一直在家侍奉父亲，直到三十岁，才被选用，开始了他的官宦生涯。与年轻时的潇洒自由相比，三十岁后的生活不仅烦琐而且劳苦。从出任辽东开始，王寂的任职轨迹几乎遍布北方，除了在京城做过较短时间的谏官之外，大多担任县令一类的地方小吏。长时间奔波劳顿，琐事缠身，加之长时间的流浪思乡之苦，让他体味到世事的艰辛，心中不免充满感慨。其词云："天地一浮萍，人生如寄。画饼功名竟何益。"他在《病起》一诗中说："衰疲那复病交功，汤剂扶持幸有功。"长期的辛苦劳作及精神压力，使他刚四十来岁，就已满鬓霜华。然而这些与陡然生

辽金元文

起的风波相比,却似乎微不足道了。

大定二十六年(1186年),已五十九岁的王寂,遭受到了人生中最大的挫折。此时,王寂官任户部侍郎。这年八月,卫州段黄河堤决口,河水冲毁了城市。皇帝命令王寂、都水少监王汝嘉迅速赶往,组织救灾。然而王寂视百姓陷于危险于不顾,竟"集众以网渔取官物为事",百姓怨声载道。皇帝得知此事,大为恼火,心生厌恶。不久,河水泛滥到了大名府,世宗皇帝派遣户部尚书刘玮前往指挥,将王寂贬黜为蔡州防御使。

此次事件似乎另有隐情,被人陷害的可能性比较大。王寂在诗歌中一再为自己申诉,"平生自信不谋伸,媒孽那知巧乱真","尔辈何伤吾道在,此心唯有彼苍知"。

此番贬谪给王寂的内心带来了巨大的打击,让他心灰意懒。来到蔡州之后,他紧闭院门,绝交息友,希望借佛、道的出世情怀,来疗慰内心的创伤。其散文名作《三友轩记》即作于此时。

辽金元文

大定岁丙午冬仲月,予由侍从出守汝南。既视事之明年,即州之北得败屋数楹,旁穿上漏,不庇风雨。乃命枝倾补罅,仍其旧而新之。公余吏退,以为燕息之所。两檐之外,左有笋石,屹然而笔卓;右有仙榆,蔚然而盖偃。每佳夕胜日,予幅巾杖屦,徜徉乎其间。至于倚苍壁而送飞鸿,藉清阴而游梦蝶,方其自得于言意之表也。心如坚石,形如槁木,陶陶然,不知何者为我,何者为物,其为乐可胜计耶?予自是与木石有忘年莫逆之欢,因榜其轩曰"三友"。客有过而问焉,曰:"窃闻吾子杜门屏迹,交亲解散,其所友者谁欤?"予指以告。客仰而叹,俯而笑曰:"曩吾以子为达,今子之鄙至此乎?所谓笋石者,鳞皴枯燥,不任斤凿,此固无用之石也。所谓仙榆者,离奇卷曲不中规矩,此亦不材之木也。人且贱而弃之,曾不一顾,子恶取而独友于是哉?"予曰:"嘻,若知其一,未知其二:向有牛寄章之嘉石,钱吴越之大树,则第以甲乙,衣以锦绣矣。予虽欲友,其可得乎?今以予谬人,与夫顽石散木皆绝意于世,而世亦无所事焉,此其所以为友也。夫人情之嗜好,固不在乎尤物,而在乎适意而已。然必先得之于心,而后寓之于物,故无物不可为乐。如谢康乐之山水,陶彭泽之琴酒,嵇康之锻,阮孚之屐,虽其所寓不同亦各适其适也。子意以为何如?"客曰:"是则然矣,奈何木石无情,奚足以知子之区区如此?"予曰:"不然。人之遇物,但患不诚。果能以诚,则生公之石,可以点头;老裴之松,亦能回指。幸无忽。"客愧予言,茫然自失,宜其有会于心者,乃相顾一笑而去。予因以是言而刻诸石。实丁未夏四月望日三槐王元老记。

文章抒发了自己贬谪失意之情,表现了辞官归隐的意志和纯洁高旷的品性。文章寓哲理于叙事议论当中,显现了作者推崇道家无为超脱、随缘自适的思想和人生旨趣。行文条理清晰,平易晓畅,融写景、叙事、说理于一体,意蕴深刻。

中华文化三教并行,儒家以其"知其不可而为之"的积极入世思想,推动着士子文人积极从政,建功立业;佛、道思想则以对世事的超脱和对自然的回归成为人们的心灵归宿。仕与隐的矛盾几千年来一直萦绕在文人士大夫的心间,王寂自然也不例外。一生从政,当遇到挫折时,便将目光转向田园山林寻求心灵的宁静与超脱,于是,道家的隐逸思想自然充斥其心中。他在诗中就明确地表达了这种思想:"吾爱吾庐事事幽,此生随分得优游。""我则愿师白乐天,终身衮衮留司官。伏腊粗给忧患少,妻孥饱暖身心安。况有民社可行道,随分歌酒陶余欢。"似乎归隐之心已决。

然而,事实并非如此,我们还应看到其思想的另一面。王寂身为汉族文人,儒家思想在其内心一直占据着主流地位。他感慨于仕途的艰辛,时而有牢骚之语,但仍然勤勤恳恳,尽职尽责,甚至因为担心自己能力有限,不能胜任而辗转难眠。他在诗中写道:

> 责重还忧力不任,
> 中宵未寝念之深。
> 姚虞已拱垂衣手,
> 山甫空劳补衮心。

另外,金朝经过多年的发展,封建化已深,加之世宗朝止戈息马,久无战争,使得社会安定,百姓得以生息,号称"盛世",大大加深了王寂对金朝的认同。他在诗文中称金为"圣朝",有着强烈的忠君爱国思想。因此,即使受到贬黜,他依旧能心系尧舜,不忘报效朝廷。他在被贬蔡州之后所写的《谢带笏表》,已明确表达此意:"臣不敢不正以垂绅,书而对命,奉公竭力,爰用赞于君前。抗疏乞骸,即愿还于陛下。"

　　大定二十七年(1187年),由于皇太孙受册,大赦,王寂得免,移守沃州。待章宗即位,迁为中都路转运使。明昌四年(1193年),王寂卒,享年六十七岁。

人生在学勤始至，不勤求至无由期

——党怀英《鲁两先生祠碑》

党怀英，号竹溪，奉符南城人，宋初名将党进十一世孙。相传，党怀英出生之时，其母梦见唐朝道士吴筠前来借宿，不久，党怀英就出生了。待其长大了，则"仪观伟异，若神仙然"。党怀英作为领一代风骚的领袖人物，诗、文、书法兼擅，尤以文称最。赵秉文在《中大夫翰林学士承旨文献党公神道碑》中云："本朝百余年间，以文章见称者，皇统间宇文公，大定间无可蔡公，明昌间则党公（怀英）；于时赵黄山（沨）、王黄华

党怀英篆书

辽金元文

（庭筠）俱以诗翰名世，至论得古人正脉者，犹以公为称首。"他的散文，学习欧阳修，文风朴实，清新简约，行文从容闲雅，不为尖新奇险之语。

金大定年间，在岱庙东建鲁两先生祠，祭祀孙复与石介两位北宋大儒。石介的曾孙石震要其女婿党怀英书写碑文，这就是《鲁两先生祠碑》：

鲁两先生，曰孙明复、石守道氏。宋祥符天圣间，以仁、义、忠、孝之道，发于文章，为诸儒倡。当世大儒，如文忠欧阳公、文正王公，皆尊礼之。故其没也，欧阳公为志其墓，盖比之孟轲、韩愈之流。其羽翼圣经，立朝行己，治行终始，伟如也。初两先生筑室泰山下，以为学馆。

属大关岳祠。壖基甫迫，乃北迁山麓，而以旧馆为柏林地。岁分施钱，为养士之费，学者至今赖之。而乡人指以为"上书院"者，则其所徙地也。大定间，岳祠火。越明年，有诏营建，乃命更新庙学。已而，诸生相与言曰："昔两先生宦学汶上，汶学祀之不忘。吾侪居其乡，食其德，乃可遂已乎？"于是两先生诸孙闻其言，更出所有，作为祠堂于大门之左，以成学者之意。石先生之孙震，使其侄翊走京师，属其门婿党怀英书其本末，将刻诸石。怀英曰：两先生之道，垂于后世，炳如日星，奚患无传？虽然，有一言焉。方孙先生以《春秋》之学教于鲁，石先生盖师事之。时给事孔公道辅闻其名，自兖来谒。孙先生既出应客，而石先生执杖屦侍其左右，升降、拜伏皆扶之，其往谢也亦然。繇是鲁人始识师弟子之礼，士风为之一变。近世士尚剽窃，以从师亲友为耻。忠厚之道，不著久矣。国家尊经养士，将使人人为邹鲁，固当师承鸿硕，因文以入道德之奥。而后游两先生祠下，而食其余庇，可以无愧矣。

孙复、石介二人，是宋初理学的代表人物，他们与胡瑗并称"宋初三先生"，对宋明理学的形成具有草创之功。孙复，字明复，因长期居泰山讲学，人们又称他为"泰山先生"。他年幼时家境贫寒，父亲早亡，但他勤奋苦学，饱读诗书，精通义理。但由于当时宋朝科举偏重辞赋，因此，孙复曾四度参加科举，均以失败告终。期间，他曾拜谒过范仲淹。范仲淹给予了他经济上的帮助，并为他谋了教职，传授他《春秋》。景祐元年（1034 年），第四次落第之后，孙复认识了石介。两人一见如故，互相引为知己。石介，字守道，人称"徂徕先生"，精于《春秋》，为宋天圣八年进士。他有

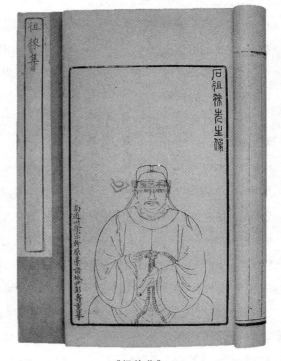

《徂徕集》

辽金元文

· 049 ·

感于儒学的衰落，于是在守孝期间，在家中授《易》，闻名于山东。景祐二年（1035年），他在泰山聚徒讲学，并力邀孙复前来讲学。孙复此时正为生计发愁，接到石介的邀请，便欣然前往。从此，孙、石二人便开始了在泰山的讲学生活。

石介当时的声望并不亚于孙复，但他敬佩孙复的学识和为人，因此，对孙复执弟子之礼。由于受到石介的推崇，孙复声誉迅速提升，来泰山求学的学子络绎不绝。当时，孙复一心求学，四十岁尚未成家。宰相李迪爱惜其为人与才华，便将自己的侄女嫁给了他。经他的延誉，孙复之名与学问，一时间名满天下。孔子的四十五代孙孔道辅，仰慕孙复声名，也前来拜谒。主宾相见时，石介一直立侍于孙复左右，升降都予以挽扶。正是石介这种身体力行，使泰山形成了良好的尊师重道之风。此外，孙复本人也对学习大力提倡，注重学风的养成，他曾作《谕学》诗，对学子进行劝勉："人生在学勤始至，不勤求至无由期。孟轲荀卿扬雄氏，当时未必皆生知。"正是在这两位先生的努力下，泰山学风日炽，成了当时的学术中心。

石震乃石介曾孙，其之所以要党怀英来写这篇碑文，不光是由于党怀英当时已名擅文场，自己和党怀英有着姻亲关系，还缘于他深知党怀英的文采及他与泰山、徂徕之间不解的缘分。

党怀英祖籍马邑，他的父亲纯睦为金朝进士，因官职变动而举家迁至山东泰安。然而不幸的是，当党怀英刚刚开始他的童年生活，他的父亲就撒手人寰，留下了他们孤儿寡母相依为命。这突如其来的变故使家道中落，由于贫穷，党怀英一家无法再回到家乡，于是就在泰安附近的奉符南城居住了下来。

山东有着浓郁的文化传统，孔孟之道在这里有着深厚的历史积淀。北宋年间，山东作为全国的一个文化中心，可谓人才辈出，孙复、石介、胡瑗三人被称为"泰山三贤"，而王禹偁、穆修等大儒亦出此地。在金代，山东虽是伪齐政权的地域范围，但依旧是衣冠礼乐之地。当时许多北宋文人在此避难，开设学馆，收徒讲学。在这样良好的文化氛围中，党怀英开始了他的求学生涯。他先后师事刘瞻、蔡松年等当时著名文士，而与他同窗的，还有辛弃疾，时称"辛、党"。金正隆六年（1161年），正当海陵王完颜亮准备大举进攻南宋之时，国内发生兵变，其堂兄完颜雍称帝，是为金世宗。混乱之际，完颜亮被杀，金军全线撤退。一时间中原各地、黄河南北各种武装纷纷揭竿而起，反金的浪潮风起云涌。而此时，党怀英与辛弃疾选择了不同的人生道路。据史传，二人曾以蓍草卜筮去留。结果，辛弃疾得到的是"离"卦，遂决定南归；而党怀英占得"坎"，则决意留下来。其

后,辛弃疾在济南附近召集了两千多人投奔了耿京的起义队伍。然而,起义军由于耿京被部将所杀而失败,归顺了金军。辛弃疾怒火中烧,率五十余骑,闯进金军大营,生擒叛将,并携千余不愿降金的将士南归。而党怀英则科举出仕,最终主盟金代文坛。他们分别在南北成就了自己的人生辉煌。

金大定三年(1163年),党怀英参加了东平府试,并一举成名,但在接下来的会试、御试当中,都未及第。心灰意冷之下,他隐居于泰安徂徕山下的旧县村。科举失败让他的自信

辛弃疾像

心受到了莫大的打击,于是,他只好诉诸山水之间,排解内心的苦闷。旧县村附近的徂徕山,是一处文化氤氲之地,唐朝时就是李白与孔巢父等六逸相伴隐居之处。当年李白在举荐无果的情况下,隐居徂徕,纵情诗酒,自号"竹溪"。而此时的党怀英,心境与李白相似,"松前明月佛前灯,庵在孤云最上层。犬吠一山秋意静,敲门时有夜归僧"。因此,党怀英以李白为知己,也以"竹溪"为号,并亲自篆书,镌刻于屋旁的巨石之上。

寓居徂徕期间,党怀英虽失落但并不消沉,他游山玩水,读书赋诗,虽生活较为贫苦,但也自由畅快。完颜雍即位之后,政治较为清明,由科举而晋升高位者不绝于耳。政府增设了科举的项目,拓宽了士子们的仕进途径,这大大刺激了教育事业的发展,当时庠序兴盛,学习之风日炽,读书人都在跃跃欲试,以期一朝腾跃龙门,荣登显贵。因此,此时的党怀英心中依然充满了对科举入仕的无限期待,即使屡遭败绩,但依旧坚持刻苦攻读。在其后来的《重修天封寺碑》一文中,讲述了这样一个故事:大定七年(1167年),党怀英再次落第,情绪低落。回家途中在旧县附近的天封寺借宿。由于内心苦闷,便以酒消愁,大醉之后便昏昏沉沉地在床榻之上睡着了。半夜时分,他感觉有人多次扶着自己,并对他说:"你的前途一片大好,为何要沉醉于酒中呢?"在这半睡半醒之间,他感觉这似梦非梦,心中甚是奇怪。睁开眼,身边没有什么人,只有一个老僧宿在东

辽
金
元
文

庑之下。第二天，党怀英将自己梦中的情形告诉了老僧，老僧笑着说："这是伽蓝神啊。伽蓝神是非常灵验的。曾经寺里有僧童诵佛不勤的，伽蓝神便会让他承受疾痛之苦，只有诚信悔过了，病痛才会停止。有时候他也会暗示人的前程，你这该不是神灵给你的提示吧？如果真是这样，那你的好运就会到来了。走吧，好好努力。"

沉浸于泰山、徂徕浓郁的文化氛围当中，党怀英勤奋苦读。同时为了谋生，他还收徒讲学。逐渐地，他的声名渐显，在泰山、徂徕一带有了一定的声誉。在这期间，他还结交了一群志同道合的朋友，如石震、徐茂宗、贾因叔、道彦至等人。他们常常聚在一起，一面以诗酒陶情，宣泄郁闷；另一方面则研讨学业，以期来年仕进。泰安附近的泰山、徂徕山、梁父山、天封山等处处留下了他们的足迹。

党怀英的才能是被石震认可的，作为石介的孙子，当地的文化名流，石震完全不在意党怀英当时清贫的家境，将女儿许配给了他。石氏嫁给了党怀英之后，相夫教子，对党怀英后期的发展起到了巨大的促进作用。她不嫌党怀英的贫穷，勤勤恳恳，默默奉献。即使在党怀英落第之时，她也没有任何抱怨，安贫守分，与丈夫不离不弃，其贤良的品德，赢得了他人的尊重与推崇。

大定十年（1170年），经过多次落第之后，党怀英终于以甲科及第，开始了仕宦生活。至章宗即位的十余年间，他已然成为文坛上声名显赫的中坚人物了。章宗即位后，搜求文学能臣。一日，他问身边大臣："翰林院需要选拔一些人进来，你们看看谁能

金代泰和重宝　钱文为党怀英题写

够胜任呢？"有人回禀说和党怀英一起编修《辽史》的郝俣文章政绩都不错。皇帝点了点头，又自问自答了一句："近日制诏唯有党怀英的文章最好。"党怀英的声名于是耸动京师，其文章受到莫大推崇，1192年迁翰林学士。政治地位的提升加强了其在文坛上的声望，使其周围围绕着赵沨、刘昂、路铎、周昂等一系列文化名人，让他真正成为金代明昌年间的文坛盟主。正如元好问所说："国初文士如宇文大学（虚中）、蔡丞相（松年）、吴深州之（激）等，不可不谓之豪杰之士。然皆宋儒，难以国朝文派论之。故断自正甫（蔡珪之字）为正传之宗。党竹溪次

之，礼部闲闲公又次之。"对党怀英的评价，不可谓不高。

纵观党怀英的一生，与泰山有着不可分割的联系。孙复、石介等大儒所营造出的浓郁的学术氛围，是培养他才华的肥沃土壤，而泰安的生活经历，则成了他生命当中永恒的记忆。

大安三年（1211年），党怀英病逝。据说当天晚上，有人见到一颗大星从天空划过，陨落于党怀英家的庭院之中。

夕阳欲下山更好，深林无人不可留

——王庭筠《五松亭记》

　　王庭筠（1151—1202年），字子端，盖州熊岳人，号黄华山主，亦称黄华老人，他是党怀英之后、赵秉文之前执有金一代文坛牛耳者，号称"渤海第一文人"。

王庭筠出身于渤海望族，他的父亲王遵古是金朝名士，好学守道，文行兼备，被称为"辽东夫子"。王遵古娶太师南阳郡王张浩之女为妻，生四子，王庭筠排行第三。庭筠天资聪慧，六岁便能与父亲和兄长一起诵读诗书，并能通晓大义，七岁开始学诗，十一岁时便能赋全题，博闻强识，一目十行，能日记五千余字。当时涿郡才子王修风度翩翩，气宇非凡，很少有人能受到他的赞许，然而，当他见到王庭筠时，则"以国士许之"。

　　大定十六年（1176年），王庭筠进士及第，受官承事郎，调任恩州军事判官。在恩州判官任上，曾有一个叫邹四的图谋不轨，事发之后，朝廷逮捕了一千余人，而邹四却藏匿了起来。朝廷派大理

王庭筠　方人也绘

司直王仲轲督办此案。办案过程中，王庭筠设计将邹四缉拿归案，并在弄清案情之后，只逮捕了十二人，将其余无辜者悉数释放。当时的金朝，崇尚严刑峻法，而王庭筠释放了一千多受牵连的百姓，自然有悖于朝廷的做法。于是，恩州任满后，他不升反降，调任为馆陶主簿。主簿为九品小官，主要工作就是协助县

令管理常平仓及一些通检推排工作,这与王庭筠的理想相去甚远,于是内心便滋生出了纵情山水、隐逸山林的念头来。当任期已满,王庭筠驱车来到河南林州境内,借宿于黄华山中的慈明、觉仁二寺,开始了他长达十年的隐居生活,《五松亭记》即作于在此卜居期间。

　　林虑西山,横绝百里,隐然犹卧龙。猱峪为首,天平为脊,黄华为胁,鲁班门为尾,迤逦而北去。退而望之,半天壁峭,疑若无路。盖穷探其肺腑,益深而益奇。黄华之佛祠,天平之道宫,今为墟矣,惟猱峪宝岩寺为独完。寺创于高齐天保初,至本朝大定中,宝公革为禅居,钟鼓清新,林泉改色,始为天下闻寺。李辅之丞此邑也,初入寺,爱之不能归。久之叹曰:"寺固美矣,然树林蒙密,屋宇蔽亏,而游目驰怀者有所未尽,必尝得其全。"遂绝溪而南,陟南山而东,下临断壑,有平地数寻,若坛址然。乔松五章,挺立其侧。山僧曰:"此地名五松亭,旧矣,而实未尝有亭焉。岂前人欲有为而未遑者欤?其或者有所待欤?"辅之笑曰:"此留以遗我也。"于是经之营之。未几断手,檐楹翼然出于苍翠之间。亭则维新,名则仍旧。戊申之春,庭筠尝一到其亭上。其东则山门呀如,川阜逶迤,乍明又晦,灭没无际。其北则巍堂、修庑、隆楼、杰阁,骈列层见。涧竹、岩花、诸山,缭然窈然,崭然崒然。旁立向背,俯仰吞吐,连绵络绎,呈巧献怪,大略皆退之《南山》诗中所谓"或如"云云者,而诗尚未尽也。乃知辅之之善发其秘,此亭之得全,而有功于此山也。吾历山多矣,求其奇秀与此比者,才一二数。即山中求之,其华隐妙巧与人意会者,亦无如此亭焉。加我数年,婚嫁事毕,归作亭之主人,看夕月之龙蛇,听夜风之琴筑,便当不减陶隐居。溪水在此,吾不食言。辅之乞文于吾以为记,吾于是山已结是缘,虽不吾乞,尚为之。辅之,燕人,名弼,辅之其字也,清慎有礼,敏于政事。

辽
金
元
文

　　黄华山位于林虑山主峰东侧,此处云隐奇峰,水绕幽谷,享有"太行最秀林虑峰,林虑黄华更胜名"的赞誉。据《林县志》记载:"每岁晚秋,黄华满谷,故名。"黄华,即黄色的菊花,素以清新雅洁著称,陶渊明"采菊东篱下,悠然见南山"已点出菊花超凡脱俗之韵味,这满谷的黄菊,自然更能激发起文人雅士还归山林、醉心田园的梦想。自古以来,这里的美景被文人所钟爱,曹丕、韩琦、郦道元、荆浩等都曾驻足于此，留下过诗文画作。这样一个集美景、人文于一身的地方，自然能吸引王庭筠的目光。来到林县后，他在黄华山周围买地二百亩，亲自躬耕，种粮艺蔬，尽享田园之乐。此外，王庭筠还在慈明院设读书处，创办黄华书院，授徒教书，作诗绘画，自号"黄华老人""黄华山主"。

　　在黄华隐居的日子，是他一生中最为开心的时候，没有俗事政务缠身，没有官场险恶，有的是山间徐徐而来的清风，有的是如洗碧空中的一轮明月。曳一竹杖，徜徉山间，体味的是人与自然的亲密无间。他在《黄华山居诗》其二中写道："手拄一条青竹杖，真成自挂百钱游。夕阳欲下山更好，深林无人不可留。"恬淡自适的隐逸情怀流露无遗。在此期间，王庭筠的足迹遍布林虑的山脉，他寄情山水，悠游畅意，内心的抑郁与不快已如烟云般消散。

林虑山太行平湖

　　金大定二十七年（1187年），林县县丞李弼喜爱洪峪宝岩寺的风景，留恋不已。惜山林茂密，不能窥其全貌，于是欲登山远眺。无意中发现一天然平台，长有五株大松树，是一处极佳的观景地，曰五松亭。五松亭有名无亭，于是因其址而建亭，仍袭旧名。王庭筠登上此亭，为这里的美景所陶醉，作《五松亭记》以记之。文章华实并茂，情理兼备，叙事纡徐完满，写景笔力雄肆，堪称佳作。文章结尾处，庭筠指溪水为证，愿"加我数年，婚嫁事毕，归作亭之主人，看夕月之龙蛇，听夜风之琴筑，便当不减陶隐居"。由此可见，林县山水在他的生命中有着多么重要的地位了。

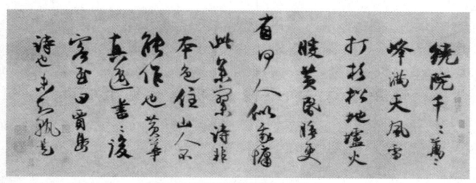

《李山画风雪杉松图卷跋》 王庭筠

无事务萦心,王庭筠能够沉潜下来,安安静静地读圣贤之书。他博览群书,对儒家经典尤为用力,理解也较为深刻。此外,他还曾兼及佛道,绘画书法技艺也愈发精湛。随着学识的广博,他的名气也越来越大了。章宗明昌三年(1192年),王庭筠被召入馆阁,任命为应奉翰林文字,让他与秘书郎张汝方一起鉴定内府书画,编为《雪溪堂帖》。然而,命运多舛,承安元年(1196年),庭筠因赵秉文上书事而被牵连,杖责六十,贬为郑州防御判官。四年后,又被重新起用。泰和元年(1201年),王庭筠扈从章宗秋山涉猎,应制赋诗三十余首,颇受赏识,将委以重任。不料,第二年就离开了世间,终年五十二岁。

子端一生,颇多挫折,像他这样一个性格纤弱、性情淡泊的人,本适应不了尘世间的喧嚣和凶险,也许那自然中纯净的山山水水,才应是他灵魂的归处。

惟其视千古而不愧,是以首一代而绝出

——杨云翼《谏伐宋疏》

杨云翼,字子美,平定乐山人。他天资颖慧,刚刚会说话的时候就能在地上写字,日诵数千言。章宗明昌五年(1194年),中经义进士第一,辞赋亦中乙科,历任翰林文字,礼部、吏部尚书,终于翰林学士。杨云翼是南渡之后的文学大家,与赵秉文一道主持文坛二十年,世称"杨、赵"。他有着多方面的文学才能,尤以散文最为知名。他的散文多以应用文为主,擅长说理,长于雄辩,当时的朝廷文书,多出自他手。遗憾的是,其文章多已散佚,现今只留存下来三篇,而其中的《谏伐宋疏》一文,曾因震动朝野而得以保留。

朝臣率皆谀辞。天下有治有乱,国势有弱有强。今但言治而不言乱,言强而不言弱,言胜而不言负,此议论所以偏也。臣请两言之。夫将有事于宋者,非贪其土地也,弟恐西北有警而南又缀之,则我三面受敌矣。故欲我师乘势先动,以阻其进。借使宋人失淮,且不敢来,此战胜之利也。就如所料,其利犹未可必然。彼江之南,其地尚广,虽无淮南,岂不能集数万之众,伺我有警而出师耶? 战且胜,且如此,若不胜,害将若何? 且我以骑当彼之步,理宜万全,臣犹恐其有不敢恃者,盖今时势与泰和不同。泰和以冬征,今我以夏往,此天时之不同也。冬则水涸而陆多,夏则水潦而涂淖,此地利之不同也。泰和举天下全力,驱乣军以为前锋,今能之乎? 此人事之不同也。议者徒见泰和之易,而不知今日之难。请以夏人观之。向日弓箭手之在西边者,一遇敌则搏而战、袒而射,彼已奔北之不暇。今乃陷吾城而虏守臣,败吾军而擒主将。曩则畏我如彼,今则侮我如此。夫以夏人既非前日,奈何以宋人独如前日哉? 愿陛下思其胜之之利,又思败之之害,无悦甘言,无贻后悔。

辽金元文

世宗朝之后,金朝便走上了下坡路,如果说章宗的时候还能勉强维持的话,那么到了接下来的统治者手里,则国势日颓,令人绝望地一步步走向了灭亡。

对金朝的威胁是来自于多个方面的。除了老对手宋、西夏之外,最可怕的则是来自于一股新兴的势力——蒙古。蒙古的势力在章宗朝时日渐强大,1206年铁木真称汗后,已不再满足作为金藩属国的地位,于是,这位野心勃勃的蒙古首领将目光转向了自己曾经的主子。早在章宗朝,金便已敏感地觉察到了这份威胁,也十分清楚地知道蒙古的实力,于是开始着手加固西北边防,以防御蒙古的入侵。他们在原有防御工事的基础上,深挖壕沟,修建墙堡,一条东起齐齐哈尔、西至内蒙古的坚固防线被修建起来了。然而,这道苦心经营的防线,却在蒙古的铁骑面前不堪一击。

1210年,当成吉思汗闻知金朝国内正遭受严重的饥荒时,他觉得时机到了。1211年春,成吉思汗兵分两路侵入金朝边境,对金朝北方进行了大肆的掠夺和侵扰。然而,祸不单行,金朝国内也灾祸丛生。持续的大旱使金朝的经济满目疮痍,此外,由于在对蒙作战中战败的将领胡沙虎惧怕受到惩罚,发动了一

蒙古骑兵

辽金元文

场宫廷政变,杀死了金主卫绍王。这一切,都使金朝犹如一只千疮百孔的破船,随时都面临着覆没的危险。

蒙古军队的兵锋日渐南进,越过了居庸关,1214年终于形成了对金中都的封锁。继任卫绍王登上皇位的宣宗本来就是胡沙虎扶持上来的一个傀儡,懦弱无能,昏聩荒淫。他面对着咄咄逼人的蒙古军队,马上就乱了阵脚,病急乱投医,竟然把退敌的希望寄托在一些趁机渔利的市井无赖身上。当时有个叫王守信的,狂妄自大,大放厥词,言称诸葛亮不懂用兵。侍御史完颜寓听闻此事,如抓住了一把救命稻草,赶忙向朝廷推荐,认为此人是亘古未有的军事奇才。于是,一个招摇撞骗的无赖转身之间就成了行军都统。这王守信倒也擅长演戏,

他召集来一些流氓无赖，又是置办法器，又是演练排兵布阵，号称能用这些宝物吓退敌军。然而，真正出城应战时，王守信等人根本就不敢跟敌军交手，只是到山野里杀了几个无辜的百姓来冒充蒙古兵，以向金廷邀功请赏。其实，王守信的这一套把戏，在当年金军进攻开封之时，就已经被北宋的守将们上演过了，其结果自然只能是一出滑稽可笑的闹剧。然而，历史仿佛开了个大大的玩笑，当被困城中之时，金朝统治者们竟然也同样用了这样一种连他们自己都不信的方法来自欺欺人，安慰自己。

法术并没有让围困金中都的蒙军士兵有什么心情不爽，他们没有任何离开的意思。这时，宣宗只好向成吉思汗乞和，并在献上大量财物之后，蒙古军队才退出居庸关。蒙古军队走后，北方各省经过掳掠，已是一片狼藉，中都已然是一座孤城。面对这不利的局面，只想苟且偷生的宣宗皇帝，不顾众多大臣的反对，将都城迁到了南京（今开封）。而就在宣宗逃离中都之前，驻守中都以南的乣军发生了叛变，协助卷土重来的蒙军加紧了对中都的围困。

迁到南京的金朝君臣，醉生梦死，只求苟活。每当蒙古大军压境，则朝廷中君臣相顾而泣，但是一旦情况有所缓和，他们就又开始莺歌燕舞、醉饮狂欢了。国破家亡之际，宣宗似乎置身度外，他只想着如何消遣、如何奢侈。他曾经让属下偷偷给自己做一件大红绣衣，并且告诫，千万不能让监察御史陈规知道。衣服做好之后，他再次询问陈规是否知道此事，属下连忙回答不知，宣宗这才松了一口气，说："陈规如果知道了，他一定会进言讽谏的，我真的害怕他。"上行下效，宰辅大臣们似乎也并没有把国家的命运放在心上，每次上朝时讨论时政，都只是做做样子而已，凡遇到要害问题，就推说下次再议，而到了下次，则又是不了了之。

贞祐通宝

宣宗昏聩无能，大权实际上掌握在术虎高琪手中。此人阴险狡诈，于是整个朝廷更加腐败。为了能够将大权牢牢掌握在手中，高琪极力提拔一些低级官员担任要职。小吏出身的时全就在此时升任签枢密院事。

此时的金朝，可谓是内忧外患。北方蒙军的连年进攻已使国家残破不堪，经济也愈发困难。面对金的窘境，百年宿敌——宋朝的内部，针对如何处理宋金关系开展了一系列讨论。南宋诸君臣愤恨金朝长期以来对宋朝的侵扰，亡国之恨,称臣纳币之耻,始终缠绕在南宋君臣心头。然而,他们又清楚地认识到,面对着更为强大的新兴对手,保留金作为与蒙古的缓冲,似乎更为理性。侍郎徐应龙就说:"金亡了,又生一新的敌人,将更加令人担忧。"即便如此,南宋也再难以忍受与金的不平等关系了,拒绝向金交纳岁币。早在1215年,南宋就向金转达了消减岁币的意愿,然而金朝直接予以回绝。于是,南宋毅然决定不再向金纳贡。

金兴定元年(1217年),成吉思汗将进攻金朝之事托付给了木华黎,而自己则率主力开始西征,长期处于恐慌状态下的金朝终于得到了喘息的机会。然而,为了补偿在对蒙作战中的损失,术虎高琪竟然以南宋拒纳岁币为由,提出伐宋。宣宗虽不赞同,却无力改变,于是,金宋之间的烽火又重新燃起,连年用兵之下,国敝民贫,伤亡惨重。迫于术虎高琪的淫威,朝廷大臣多敢怒不敢言,对于伐宋一事,无人敢提及,因为只要有人反对,就会被诬陷为私通宋国,送土地与南宋。这时,杨云翼挺身而出,上疏皇帝,力谏不可伐宋。他首先一针见血地指出金伐宋的真实用心,接下来又分析即使伐宋胜利,也难阻止南宋的反击。金朝军力已今非昔比,如一味进军,后果将不堪设想。杨云翼的这番话条理甚明,分析透彻,言之凿凿,信而有征,发出了一个有良心的爱国臣子的肺腑之言。只可惜宣宗并未听进杨云翼的忠心劝告,于兴定三年(1219年),遣时全为统帅,率三路大军南伐。结果不幸被杨云翼言中了,金朝大军遭遇了空前的失败,全军覆没。金朝将自己推上了多方受敌的被动地位。宣宗追悔不及,斥责诸将说:"我将有何面目去见杨云翼啊!"

辽金元文

杨云翼作为一个文人,可谓多才多艺,上至儒家经传,下至天文历法、医药算数,都非常精通。文学上又超凡卓越,执文坛牛耳多年。作为臣子,他又能爱国忠君,敢于仗义执言。因此,元好问对他赞赏有加,称其为"惟其视千古而不愧,是以首一代而绝出",这可以说是对他才华、人品较为中肯的评价了。

相期游八表，一洗区中愁

——赵秉文《寓乐亭记》

赵秉文，字周臣，号闲闲老人，磁州滏阳人（今河北省磁县）。二十岁时登进士第，历任五朝，官至六卿。为人正直果敢，忠贞敢谏，人品为众人称赞。加之他心胸开阔，喜欢奖掖后进，结交诗友，因此被推为文坛领袖，执掌文坛二十年。赵秉文的文学成就更多地显现于贞祐南渡之后。由于国势的衰败、外族的入侵，使得文人士子有所觉醒，开始思考国家的前途与命运。此时，赵秉文以文坛盟主的身份，提倡感时伤乱、刚健有力的文学风格，一改此前的靡弱尖新，变一代之风气。

赵秉文（1159—1232年）

赵秉文主要生长于世宗朝，由于与宋签订了隆兴和议，金形成了四十余年无战争的良好社会局面。政府采取与民休息政策，社会经济得到了大幅度的发展。在文化上，金朝鼓励士人科举入仕，科举制度也日渐完备，士人科举的热情空前高涨。少年时期的赵秉文，有着积极的仕进思想，对功名有着强烈的渴望。他天资聪慧，学习刻苦，以文坛大家王庭筠为榜样，不断进取。他曾给王庭筠写诗一首，以表达对他的仰慕之情，得到了王庭筠的赞许。此外，他又为当时的社会名流黄久约作《大椿赋》，得到了很高的赞誉，因此声名鹊起，于大定二十五年（1185年），顺利进士及第。明昌四年（1193年），赵秉文被召入京，授予应奉翰林文字，与王庭筠、党怀英等名士广泛交流，诗酒唱和，跻身文坛精英之列。

初入官场的赵秉文一帆风顺，春风得意，满怀信心地要展示自己的才华。但年轻人的莽撞和激进，却也让他尝到了失败的痛楚。他任职不久，就上书章

宗皇帝，弹劾宰相，推荐守贞代之。然而，政治上较为幼稚的他并没有发现这背后盘根错节的关系：当时的宰相胥持国与章宗宠幸的元妃李师儿关系甚密，想弹劾他，简直就是引火烧身。另外，章宗皇帝本来就比较反感守贞的"直言"，因此，赵秉文的意见自然不能被接纳。他问赵秉文："你怎么知道胥持国、守贞二人，一个是小人，一个是君子？"面对着章宗的诘问，他心里本来就没底，支支吾吾，惶恐不安。在有司的严肃逼问下，赵秉文交代说自己的说辞来源于王庭筠、周昂、高坦等人私下里的议论。章宗大怒，将涉及人等一律处分。王庭筠、周昂各领七十大板，贬官外放，而赵秉文本人，则被贬至荒远的岢岚州（今山西省岢岚县）。赵秉文的冒失做法，饱受他人讥讽，当时就流传"不攀阑槛只攀人"，成了他人生中的一个污点。

　　遭此挫折不禁让赵秉文对于政治心存几分畏惧，加之金朝的境况每况愈下，他对仕途不再像以前那样痴迷，转而在内心深处寻求来自于释、老的慰藉。

金朝的文化是儒、释、道三教并行，几种文化思想往往能够毫无矛盾地在一个人身上同时体现。赵秉文也是如此。他饱读儒家经典，兼通儒道，对陶渊明、苏轼有着格外的偏好，特别是苏东坡，赵

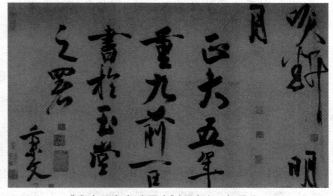

《跋武元直赤壁图卷》（局部）　赵秉文

辽金元文

秉文对他满怀敬仰。在他的诗文中，对这一心中偶像有过很多的赞誉。他称东坡是人中龙凤，如若东坡在世，自己一定"裹粮问道往从之"，"何时谪仙人，骑鹤下瀛洲。相期游八表，一洗区中愁"。苏轼身上的那种随浪大化、无喜亦无忧的洒脱超然给了赵秉文莫大的影响，这在他作于承安五年（1200年）的散文名篇《寓乐亭记》中有所体现。

　　　河朔之地，沃野千里，盘盘一都会。太行西来，大体如一身：苏门
　　奠其首，隆虑据其脊，雷首披其胸，土门开其腹，恒山枕其股，注以横
　　漳，堑以滹沱，锺以大陆。其山川风气，雄深郁律。故其人物魁杰异
　　秀，有平原之遗风，廉、蔺之英骨。下逮宋广平、魏文贞，皆河朔人。传

曰"三晋多奇士",其土风之然乎？宁晋实赵郡之附庸，而吾真定王君敏之栖棘于此。越明年政成，乃即城以为亭。因隍以为池，引汶水其中，植以荷莲，以为士民游观之地。吾友邑令吴微公妙伻来以记请。

某曰：今夫樵者乐于山，渔者乐于水，与夫其静如山，其动如川，此智、仁者之所乐也。其所乐同，其所以寓者或异。尝试与子登兹亭以四望，其亦有得乎？无得乎？将为仁者静乎？抑为智者动乎？其动静交相养乎？其亦动静兼忘乎？不移一席之地，而寓妙意于数百里之外，皆兹亭之所助也。若夫南驰巨鹿，则主父之所困沙丘也；北走恒山，则简子之所得宝符也；西扼井陉，则韩信之所破赵壁也；东接冀部，则光武之所趋信都也。自今观之，盖世力尽化为灰尘，忽焉如飞鸟之过空。盖将访其遗迹，但见孤城断址，烟云草树而已。方其寓世而不知其寓也，沈酣于醉梦之场而驰骛于功名之会，至于茫然疲、溘然尽，其亦知有不疲不尽者乎？虽然，物与我相与无穷，而人之生有限；山川如旧，而四时之风月常新。此吾人之所乐也。既以寓吾乐，且以名其亭。

文章虽为记体文，但更多用来表达自己的人生感悟。虽为亭记，但并不以亭切入，而是介绍寓乐亭所在地的深厚人文积淀，笔势纵放，气势磅礴。接着以"樵者乐于山，渔者乐于水"为引，深入剖析"其所乐同，其所以寓者或异"，最终归于寄情山水的恬然自适。人生得意也好，失意也罢，转瞬即逝，一切都将被时间所淹没，不如尽情享受"吾人之所乐"。这样的思想，伴随着他的一生。

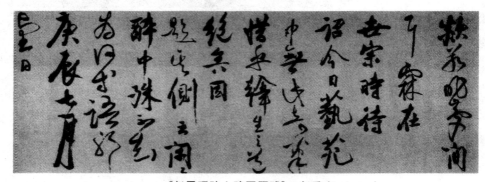

《赵霖昭陵六骏图题跋》 赵秉文

金哀宗正大年间，蒙古人侵夏，传闻夏朝皇帝忧惧而死。金需要派使者前云，册封新主。翰林学士赵秉文荣膺此职。大家心里都很清楚，册封使这是一个美差，册封之后，夏必然会重重赏赐来使。赵秉文一向清贫，朝中大臣都一致认为，这次他终于可以一夜暴富了。此时正值隆冬，一路上风餐露宿，人困马疲，尤其对一个满头白发的老者来说，更是备受艰辛。然而，天有不测风云，当他们刚刚行至夏国边界的时候，朝廷突然又改了主意，不准备再册封新的皇帝了，准备派驿卒快马将赵秉文追回。驿卒临走之时，赵秉文的好友礼部尚书杨云翼将他召至跟前，交给他厚厚的一封书信，并特意叮嘱，一定要交给赵秉文，让他亲自拆开。驿卒追上了赵秉文，将事情告知，并把杨云翼的书信交给了他。赵秉文心中非常奇怪，这件事跟礼部无关，礼部如此郑重其事，这又是为什么？满心疑惑的赵秉文打开了信封，没想到里面又是一层，接二连三地又拆掉好几层，方才显露出一张小纸片，仔细看，原来是杨云翼的一首诗：

> 中朝人物翰林才，金节煌煌使夏台。
> 马上逢人唾珠玉，笔头到处洒琼瑰。
> 三封书贷扬州命，半夜碑轰荐福雷。
> 自古书生多薄命，满头风雪却回来。

赵秉文读后，不禁拍手大笑。诗中完美地运用了荐福碑这一典故。传说范仲淹在鄱阳做官时，秀才张镐把自己作的诗拿给他看。看罢，范仲淹不禁啧啧称赞。然而，怀才不遇的张镐不禁愁容满面，向范仲淹倾诉了自己的悲惨经历，称自己太穷，往往衣不遮体，食不果腹。范仲淹听罢，给予他深深的同情，决心帮助他，至少让他衣食无忧。当时社会上非常盛行欧阳询的书法，而在鄱阳境内的寺庙中就有欧阳询的《荐福碑》，光其拓本，每幅就可以卖上千文钱。范仲淹打算给他多印一些拓本，让他到京城去卖。然而，当一切都准备停当，就在这天晚上，一个霹雳击碎了荐福碑，也击碎了秀才顿顿饱餐的美梦。当时人们编了一个顺口溜"有客打碑来荐福，无人骑鹤下扬州"，将书生的悲惨命运拿来调侃。老朋友杨云翼也借这个典故来调侃赵秉文，本来可以时来运转，但到头来却是黄粱一梦。诗歌中充满了风趣，但更多的是一种安慰。赵秉文看完诗歌，拍手大笑，没有任何牢骚和不满，这足以显现他宽阔的胸襟、超凡脱俗的人生境界。

苏轼的一生，既超脱现实，又执着于现实，穷困坎坷，富贵畅达，都归于了"也无风雨也无晴"的至高人生境界。而赵秉文，正是以苏轼为坐标，谱写了自己的坦荡人生。

辽金元文

此非独小人之过，亦君子之过也
——赵秉文《题东坡书孔北海赞》

  赵秉文还是金代著名的书法家。幼时，他的书法取法于王庭筠。王庭筠是宋代著名书法家米芾米元章的外甥，其书法被认为"不在米元章之下"，赵秉文系出名门，自然技高一筹。后来，他博采众长，求法于古今诸家，至晚年技艺大进，形成了自己独特的风格：生辣、劲健、奔放。元好问谓之"工书翰，字画有晋魏风调，草书尤警绝"。

王若虚曾说："赵翰林以文章字画名扬天下，片辞寸纸，人争求之。"高妙的笔法，显赫的声名，再加上他旷达随和的性格，自然让众人把他的作品视为珍品，千方百计求得之。由于

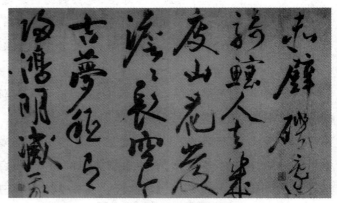

《念奴娇题赤壁图卷》 赵秉文

求字的人太多，刚开始还能应承，但时间久了，自然也为之苦恼，于是他绞尽脑汁，用各种方法来拒绝。他直接在礼部大堂的墙壁上写上："本职位是三品官，为别人书写扇面有失体面，希望大家知晓。"退休之后，他干脆就在宅门上写上："老汉不写字。"但这些办法，似乎都没用，丝毫都挡不住大家对他书法作品的渴望。一天，赵秉文来到礼部，曾经的同事们邀请他到丹阳观小酌几杯。他答应了，但走之前明确声明："我今天是去喝酒的，就是不写字。如果谁还求字，就是我儿子。"枢判白文举说："先生年岁和德望都是高的，我等真做你的儿子也行啊。"赵秉文大笑，又为他写了起来。赵秉文的墨宝，雷渊获得的最多，他自然有其高妙的方法。据说，他每每邀请赵秉文吃饭，都会亮出一些他收藏的文人字画给赵秉文观看，又把好纸、好墨摆在旁边。酒过几盏，赵翰林就会雅兴大发，

进行臧否的清议之风。他们评议朝政，褒贬人物，具有很强的影响力。

　　在这些清议之士中，司隶校尉李膺是他们"党人"的领袖，因道德高尚，而被称为君子，是当时的"八骏"之一。其为人刚正不阿，正直而有骨气，在士人中有着很大的影响力，众人往往会因受到他的接见而倍感自豪。传说，孔融年幼的时候，就曾经慕名前往，并受到了李膺的接见。桓帝初年，宦官张让的弟弟杀人后逃到了张让家中躲避，李膺硬是带人将他从张让府中抓了出来，当即处决了。这样，儒士与宦官之间的矛盾彻底激化，宦官集团向太学生、士大夫群体疯狂反扑，终于铸成了党锢之祸。在前后两次党锢之祸中，东汉数百名儒生被迫害致死，被牵连者不计其数，天下儒生几乎被一网打尽。

　　党锢之祸是汉朝历史上的一次浩劫，士人群体遭受了灭顶之灾，宦官势力却扫清了障碍，气焰更加嚣张。他们将政权牢牢地掌握在自己的手中，甚至掌控着皇帝的废立。社会政治陷入无尽的黑暗之中，以至于民怨沸腾，终于爆发了奏响汉朝丧曲

《党锢之祸》

的黄巾起义。继而，董卓、曹操等各路军阀，打着平叛的旗号割据一方，这时，即便仍有孔融这样的耿介之士左右奔走，大声疾呼，但仍无法阻止汉朝一步步走向灭亡。

辽金元文

　　在赵秉文看来，汉朝的灭亡，自然是众"小人"导致的结果，但"君子"们也脱不了干系。东汉的正义之士，虽道德高尚，刚正不阿，敢于正面与群小相抗争，不辱儒生名号，可以进入"三仁"之列，但他们有仁义而无谋略，在嚣张跋扈、无所不用其极的小人面前，束手无策，如赤手空拳之人舍身饲虎，不但于事无补，反而白白丧失了自己的性命。此外，饱受外戚、宦官之苦的东汉像一个恶疾缠身的病人，本应该通过饮食、药物慢慢调理，此时如用猛药，即使不死，也是抽取了魂魄，空留下一具外壳而已。李膺、陈蕃等正义之士的激烈对抗，恰恰就如同这剂猛药，将矛盾激化，引发了党锢之祸，使得东汉元气大伤，终究走向灭亡。

东汉如此，宋朝亦不例外。北宋年间，面对着国家积贫积弱的形式，宋仁宗、神宗接纳王安石的意见，开始变法。此次变法，涉及经济、政治、社会等各个方面的内容，是中国历史上的一次创举。此次变法，取得了一定的成效，一定程度上缓解了北宋贫弱的局面，在对外的战事当中，取得了一定的胜利。然而，这次空前的大变法，却在种种复杂因素的干扰下，最终失败。北宋也在变法失败四十多年后，走到了尽头。

变法的失败，与小人从中作梗有着很大的关系。变革，必然要触动许多既有利益者的利益，因此，他们横加阻挠。此外，王安石用人不善则是变法失败的一个重要原因。在推行新法的过程中，以蔡京为首的新党，虽然打着变法的旗号，但实际上却是将变法变成自己敛财的工具。贪污腐败，蝇营狗苟，导致新法在推行过程中，招致许多百姓及正义大臣的反对，其中也包括苏轼兄弟。为此，这伙奸佞小人还设立元祐党人碑，对反对者大肆攻击，许多名公大臣纷纷被贬谪流放。不仅如此，他们内部也为了各自的利益，互相攻讦。如曾布、吕惠卿之流，为了自己的飞黄腾达而互相诋毁。因此，司马光、富弼、韩琦、范纯仁等之所以反对变法，在某种程度上，就是因为这小人当道。

变法在各方的讨伐中，失败了。然而，当司马光上台之后，对新法进行了全面的废除。当时，王安石正退居金陵，听说要废除新法，并不是太在意。但当听说要废除免役法时，不禁失声："这个也要废么！"老人神色颓然，沉默良久，默默地说道："这个不应该废啊。"虽然这种极端的做法也遭到了苏轼等人的反对，但新法还是没有得到保留。而由其所引发的党争，使得北宋的士人们遭受了前所未有的打击，让国家伤筋动骨。如苏轼，看到了改革派的弊端，但也不同意保守派的极端做法，因此，四面树敌，经历了曲折动荡的一生。

富弼、司马光、韩琦等人，道德不可谓不高尚，然而，他们的做法却在不经意之间使得北宋王朝走向了灭亡。因此，如苏轼，既保持着人格的高尚，又能避免行为的偏激，能在百般打击之下却不消沉，此种精神，实属难能可贵。由此看来，赵秉文对他如此推崇，自然也在情理之中了。

何须豪逸攀时杰，我自世间随分人

——王若虚《门山县吏隐堂记》

门山之公署，旧有三老堂。盖正寝之西，故厅之东，连甍而稍庳，今以之馆宾者也。予到半年，葺而新之。意所谓"三老"者，必有主名，然求其图志而无得，访诸父老而不知。客或问焉，每患其无以对也，既乃易之为"吏隐"。

"吏隐"之说，始于谁乎？首阳为拙，柱下为工，小山林而大朝市。好奇之士，往往举为美谈，而尸位苟禄者，遂因以藉口。盖古今恬不之怪。

嗟乎！出处进退，君子之大致。吏则吏，隐则隐，二者判然其不可乱。吏而曰隐，此何理也！夫任人之事，则忧人之忧。抱关击柝之职，必思自效而求其称。岩穴之下，畎亩之中，医、卜、释、道，何所不可隐？而顾隐于是乎？此奸人欺世之言，吾无取焉。

然则名堂之意安在？曰："非是之谓也，谓其为吏而犹隐耳。孤城斗大，眇乎在穷山之巅，烟火萧然，强名曰县。四际荒险，惨目而伤心。过客之所顾瞻而咨嗟；仕子之所鄙薄而弃置，非迫于不得已者不至也。始予得之，亲友失色，吊而不贺。予固戚然以忧。至则事简俗淳，便于疏懒，颇有以自慰乎其心。及四陲多警，羽檄交驰，使者旁午于道路，而县以僻阻独若不闻者。邻邑疲于奔命，曾不得一日休。而吾常日高而起，申申自如，冠带鞍马，几成长物，由是处之益安，惟恐其去也。或时与客幽寻而旷望，荫长林，藉丰草，酒酣一笑，身世两忘，不知我之属乎官也。此其与隐者果何以异？"

吾闻江西筠州，以民无嚚讼，任其刺使者，号为"守道院"。夫郡守之居，而得以道院称之，则吾堂之榜虽曰"隐"焉，其谁曰不可哉？

辽金元文

　　王若虚,字从之,真定藁城人。金章宗承安二年(1197年)经义进士,历仕管城、门山二县县令,国史院编修官,翰林直学士等职,是金源后期具有划时代影响力的作家,有《滹南遗老集》存世。王若虚早年为学,师事其舅周昂与古文家刘中,他作文讲究内容充实,语言晓畅自然,不追求尖新怪诞,正是这种坚持,与他人的思想产生抵牾。据刘祈《归潜志》记载,正大年间,王若虚任翰林学士,担任国史院领史事一职,而雷渊雷翰林则为应奉兼编修官,他们共同编订《宣宗实录》,二人因文学主张不同,多有纷争。王若虚平日里作文讲究文从字顺,内容真实可信,而雷渊则崇尚造语奇峭。王若虚说:"实录只是描述当时的事情,贵不失真,若是作史,那就不一样了。"雷渊则反驳道:"写文章若不讲究个句法,则会萎靡不振,根本没有观赏的价值。"因此,在《宣宗实录》的编写过程中,往往可以看到戏剧性的一面:雷渊写完之后,王若虚则多加以修改,雷渊对此甚是不满,愤愤不平。

　　此外,他的文章又以善辩著称。元初文学家李治说,金朝百余年间,通经能文之士不乏其人,时文、古文作者应接不暇,但在长于辩说议论的学者中,王若虚是一代杰出者。当时,李纯甫因善辩而名满天下,特别是在酒意微醺之时,更是谈锋甚健,而王若虚往往能两三句话,就让李纯甫无言可对,唯有叹服而已。这篇《门山县吏隐堂记》,作于任门山县县令之时,尽显王若虚散文的特点。语言上明白晓畅,平易自然,内容上则长于议论,于平常之处翻出哲理来。以"吏"与"隐"为切入点,辨伪存真,抒发己意。

　　门山县的官署,过去有一个三老堂,略显低矮陈旧。王若虚到任后,将它重新修葺一新。既然命名为三老堂,定有来历,于是王若虚查阅典籍图册,希望能找到出处,但没有找到,打听父老乡亲,也不知晓。后来,有客人问及此事,王若虚担心无法应对,就重新将它命名为"吏隐堂"。

　　对"吏隐堂"王若虚有他独到的解释。吏便

《采薇图》　李唐

是吏,隐便是隐,臣为朝廷官员,就得在其位,谋其政,"夫任人之事,则忧人之忧",即便是做看门打更的差事,也要尽心尽职。而要想隐居,则深山旷野、寺庙道观,皆可以作为隐居的场所,何必一定要在官府中隐居呢?那些所谓"大隐隐于朝市",只不过是那些尸位素餐的人为自己的行为寻找的借口罢了,实属欺世盗名之言,不足为信。那将此堂命名为"吏隐",又为哪般呢?王若虚自言,自己的"吏隐"之意与他人不同,乃是因为自己供职之地荒远偏僻,犹如隐士隐居而已。

王若虚任职的门山县在今延安市东部的延长县境内,地处偏僻的群山之巅,交通险阻,地域狭小,人烟稀少,只能勉强称作县而已。不要说在这里做官、生活,就是路过这里,人们也会发出唏嘘感慨。亲友听说他到此任职,皆面色惨然,给予安慰而非祝贺。王若虚初到此处,顿感满目凄凉,凄然自悲。然而,不久他就发现了其中的妙处。门山县虽然闭塞,但却可以远离尘世的喧嚣;山高水远,却可以寄托自由的梦想。金代末期,四面楚歌,朝廷疲于应对。当邻县的官吏为了备战,没有片刻休息之时,他却可以怡然高卧,常常等到日上三竿才慵然而起。冠带鞍马,已是多余之物。他与朋友们寻幽觅胜,诗酒自娱,登高远望,怡然忘怀,这样的生活,又和隐者有什么区别呢?

王若虚虽批评借隐逸而图虚名之辈,但日上三竿才起、悠游畅饮似乎让我们看到了他自身言说的矛盾性,吏与隐仍是一对不易调和的矛盾。然而,恰恰是这种矛盾,让我们看到了他性格的复杂性和丰富性。王若虚所接受的文化思想是多元的,既有儒家的锐意进取、拯济苍生,又有道家的闲云野鹤、潇洒任诞。由于受金朝后期三教并行的大氛围影响,集于王若虚身上的这一对似乎针锋相对的矛盾却很好地调和到了一起。他在《自笑》一诗中写道:"酒得数杯还已足,诗过两韵不能神。何须豪逸攀时杰,我自世间随分人。"不需效仿他人的潇洒放旷,我自气定神闲,随缘自适。外可以恪尽职守,为民解忧;内则山水为伴,怡然自乐。王若虚一生的作为,也为这种思想做了注脚。

首先,王若虚的"隐"并非不问世事,苟且偷安,反而是兢兢业业,恪尽职守。他认为做官就应该踏踏实实地做,为朝廷排忧,为百姓解难。我们从他的文章末尾亦可以找到佐证。江西筠州刺史,将其居处之地命名为"守道院",而"吏隐堂"一名与其并无二致。而筠州刺史治下百姓无狱讼,更是得到了王若虚的认可。王若虚本人也正是秉承着这样的为官原则,且多有政绩,这才有了《金史》中这样的记载:"历管城、门山二县令,皆有惠政,秩满,老幼攀送,数日乃得

辽金元文

行。"可见，王若虚为官期间，还是践行了他的思想的。此外，另一事例也能反映出王若虚身上所具有的那种儒家"富贵不能淫，威武不能屈"的刚正不阿的儒者风范。

天兴元年（1232年），蒙古大军逼近，汴梁岌岌可危。正月，两军大战于均州三峰山，金军大败，主力丧失殆尽，已无力与蒙军抗衡。随后，蒙军围困汴京，近一年之久。城内粮食断绝，瘟疫四起，死者不计其数。十二月，哀宗抛下众妻小，渡过黄河，出奔归德（今河南商丘）。哀宗这一逃，彻底击溃了金朝军民的抵抗决心。而此时汴京城内，一升米已值二两银，饿殍遍地，甚至出现了人相食的惨状。汴京西面元帅崔立见有机可乘，便利用军民的不满情绪，发动了政变，杀死了留守的金朝宰相。正当人们燃起了些许希望之时，崔立却焚毁工事，大开城门，出城纳降，并将皇太后、后妃等宫室成员五百余人交给了蒙军，押解北上。随后，又协助蒙军在汴京城内大肆掠夺，百姓生不如死。如此奸诈无耻之小人，竟也有人献媚附和，请求为崔立建功德碑。翟奕以尚书省的名义命王若虚撰写碑文。当时翟奕等人跋扈横行，群臣莫敢得罪，有人与他对立，则旋即被杀。王若虚料定自己必死无疑，私下里对左右司员外郎元好问说："这次召我作碑文，我不顺从就会被杀害，作了则会败坏名节，与其这样，不如一死。即便如此，我还是会尽力说服他们的。"于是，他对翟奕等人说："丞相功德碑应当写些什么呢？"翟奕等人怒气冲冲地说："丞相以京城归降大元，让数百万百姓得以活命，难道这不是功德么？"王若虚应答道："如果丞相降敌，朝臣都要随之乞降，自古以来，哪有门下人为主帅颂扬功德可取信于后世的！"翟奕无可奈何，只得让元好问草定。元好问写成后，与王若虚共同删定，全文只直叙其事，客观记述而不加褒贬。后来，因元兵突然攻下开封，此事不了了之。

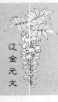

另一方面，王若虚又是一个潇洒任性、放浪不羁之人，能在山水和诗酒中，体味人生的快意。《归潜志》曾记载，王翰林外表严肃，不苟言笑，让人觉得很难亲近。然而，事实却恰恰相反，他喜欢与人开玩笑，尤其是推杯换盏之时，更是豪放不羁。因此，王若虚的好饮早已名声在外，而他的身边，也自然少不了一些意气相投的酒友。他在所作的《四醉图赞》中曾讲了这样一件事：辛酉年冬，王若虚调任京师，当时清河垣之、振之、刘景元三人都客居太学，等候做官。一天，四人相约饮酒，喝到傍晚时分，都已大醉。当晚，三人都睡在了王若虚的家中，彼此枕藉，一片狼藉。天还没亮，王若虚就醒了，大呼张灯。当时桌子上的杯盏还未撤掉，于是几人又重拾酒杯，开始畅饮。不久，众人已显几分醉意，披着衣服,散乱着头发,彼此相视而笑,觉得此中意味将来不会再有了。

　　金亡后,王若虚回到了镇阳。闲居无事,多次欲登泰山,以感受东岳之神圣魅力。然而,生活因循往复,自己的愿望却湮没于凡尘琐事中始终没有实现。1243年这年春天,浑源刘郁文因事到东平,见到了王若虚的儿子王恕,于是请他转告父亲,希望能同游泰山。若虚闻知此事,心中大喜,于是准备车驾,赶赴泰山之约。王若虚虽已年高,但壮心不已,登高览胜的兴致正浓。一行人赏山玩水,乐而忘疲。及至黄岘峰,在萃美亭左边休息。王若虚对众人说,汩没尘土中一生,没想到晚年竟能造访仙府,如果能终老于此,一生的愿望就算实现了。于是派儿子王恕先行查看路况,而自己则垂落双腿,坐在一块大石之上,微闭双眼,状若假寐。许久,仍一动不动,众人心生奇怪,凑近一看,已然仙逝。古传,人死之后,其灵魂皆归泰山,若虚登岱宗而逝,也算尽了一生的夙愿。

辽金元文

时人莫笑慵夫拙，差比时人得少闲

——王若虚《高思诚咏白堂记》

　　有所慕于人者，必有所悦乎其事也。或取其性情、德行、才能、技艺之所长，与夫衣服、仪度之如何，以想见其仿佛；甚者，至有易名变姓以自比而同之，此其嗜好趋向，自有合焉而不夺也。吾友高君思诚，茸其所居之堂以为读书之所，择乐天绝句之诗，列之壁间，而标以"咏白"。盖将日玩诸其目而讽诵诸其口也。

　　一日，见告曰："吾平生深慕乐天之为人，而尤爱其诗，故以是云，何如？"

　　予曰："人物如乐天，吾复何议？子能于是而存心，其嗜好趋向，亦岂不佳？然慕之者欲其学之，而学之者欲其似之也。慕焉而不学，学焉而不似，亦何取乎其人耶？盖乐天之为人，冲和静退，达理而任命，不为荣喜，不为穷忧，所谓无入而不自得者。今子方皇皇干禄之计，求进甚急，而得丧之念，交战于胸中，是未可以乐天论也。乐天之诗，坦白平易，直以写自然之趣，合乎天造，厌乎人意，而不为奇诡以骇末俗之耳目。子则雕镌粉饰，未免有侈心而驰骋乎其外，是又未可以乐天论也。虽然，其所慕在此者，其所归必在此。子以少年豪迈，如川之方增，而未有涯涘，则其势固有不得不然者，若其加之岁年而博以学，至于心平气定，尽天下之变，而返乎自得之场，则乐天之妙，庶乎其可同矣。姑俟他日，复为子一观而评之。"

　　王若虚善于说理，但此理并非矫揉造作，而是建立在真实无妄的基础之上。他自己说过："哀乐之真，发乎情性，此诗之正理也。"他又说："文章唯求真而已。"可见，求真是贯穿其文学创作的一根本因素。真实才能感人，真实才能使文学具有直抵人心的魅力，文学创作一旦离开了这一原则，就会脱离现实的

辽金元文

心，为生民立命，为往圣继绝学"的意识，有的却是"执两用中""无可无不可"的凡人心态。他一方面可以兼济天下，而另一方面也不忘独善其身。在拥有着强烈的道德感和使命感，为百姓牟利，为君主分忧的同时，他也不忘生命的短暂和对享乐、诗意生

《南生鲁四乐图》(局部)　陈洪绶

活的追求。白居易爱饮酒，每至良辰美景，他就邀宾客至家中，先拂酒坛，次开诗箧，后捧丝竹。于是一面喝酒，一面吟诗，一面操琴。兴起之时，有樊素唱歌，小蛮起舞，众人诗酒相祝，直到酩酊大醉为止。白居易有时乘兴到野外游玩，车中放一琴一枕，车两边的竹竿悬两只酒壶，抱琴引酌，兴尽而返。据《穷幽记》记载，白居易家里有池塘，可泛舟。他宴请宾客，有时在船上，他命人在船旁吊百余只空囊，里面装有美酒佳肴，随船而行，要吃喝时，就拉起，吃喝完一只再拉起一只，直至吃喝完为止。

　　白居易好佛，他拜中唐高僧为师，深谙佛法。贬谪江州期间，他就曾于佛寺旁建造草舍，与众禅师同游。贬谪的痛苦、悲伤，借着佛教禅理而得以舒缓，他的内心又归于自适、平和。参禅悟道的生活，让他心境平和，有了一颗平常之心，能以平静的心态来对待世间的悲欢离合。并以佛家的睿智，将平凡的生活转化为安详惬意、充满诗意的人生。以自足自适的心态，化解了现实的悲伤，从而达到一种随缘自适、畅意达观的至高人生境界。

　　白居易同时也是道教的信徒，他与同时代的人一样，服药炼丹，求仙访道。受道教的影响，他清心寡欲，虽身处红尘却能心无拘束。道教贵"生"，这使得白居易外可以关心黎庶，内则尽情享受自己的人生。他主张"中隐"，这样就可以在物质满足的情况下，得到内心的适意和自由。白居易的一生中，无论穷达，都悉心安排自己的生活。他喜好游山玩水，对美食、音乐、舞蹈又有着格外的偏好。他注重居住的环境，不管何时，都力求美观舒适，即使贬谪江州时期，也不例外。此外，道家蔑视权贵、追求自由的思想也给了他很大的影响。因此，他能

不为外物所驭,将人世间的一切得失荣辱都置之度外,将人生的价值由对功名利禄的追求转到了对内心生命自我的回归。因此他能视争名夺利为蜗角之争,即使仕途不顺,也能淡然处之:"不论海角与天涯,大抵心安即是家。"

人生不得意,常十之八九,如何能够在人生坎坷之时能够做到不悲不戚,保持内心的平和,则不光需要丰富的人生阅历,也需要卓尔不凡的人生智慧。白居易之所以能够令王若虚辈倾慕,正在于这一点。当经历完世事沧桑之后,王若虚的内心深处与远在唐朝的先贤产生了共鸣,他对乐天的理解,并非只停留于字里行间,而是有着切身的体会。因此,当一心追求功名利禄的高思诚借乐天之名来装裱门面的时候,他就会一针见血地予以指出。当然,王若虚并非一下子将高思诚的热情全部浇灭,因为他知道高思诚的人生境界需要岁月的积淀。因此他鼓励高思诚:"少年的气概,如同渐涨的水势,终会形成气候。只要逐步增进才学,修养身心,悟透人生之变,就有可能提升人生的境界,真正领悟白乐天的为人与他的诗歌。"

这篇文章是一位阅世老人给予年轻人的谆谆教导,它既体现了王若虚洞悉世事的人生智慧,又体现出他对年轻人的关爱之情。

相看一笑在目击，何用左思招隐诗

——李俊民《睡鹤记》

鹤，自古以来就以其孤高典雅而为世代文人喜爱。其高雅素洁，有君子之风，其翩然傲立，有遗世之情。时而曲颈高鸣，其声可达九皋；时而振翅徘徊，其舞可动云霓。其仪态优雅闲适，有着仙风道骨，因此被人们以仙鹤称之。古往今来，爱鹤、养鹤的故事不绝于耳。

西晋名将羊祜镇守荆州时，在泽中养鹤，并

鹤鸣

教以舞蹈，以娱宾客，后人也因此将此地命名为鹤泽。陆机也甚爱鹤，后为成都王司马颖所诛，临死时犹"顾左右而叹曰：'今日欲闻华亭鹤唳，不可复得。'"到了唐代，士大夫养鹤之风日炽。唐代冯贽曾在《云仙杂记·金城记》中记载：卫济川养鹤，每天以粥饭喂它。三年之后，这只鹤竟然学会了识字。每次济川检书的时候，都会叫鹤去衔取，从未出过差错。此外，张九龄、白居易、孟浩然等人都是鹤的爱好者，他们留下来大量咏鹤的作品。李九龄《鹤》："天上瑶池覆五云，玉麟金凤好为群。不须更饮人间水，直是清流也汗君。"李欣《望鸣皋山白云，寄洛阳卢主簿》诗："远映村更失，孤高鹤来傍。胜气欣有逢，仙游且难访。"是自比于鹤，以示清高。孟浩然《白云先生王廻见访》诗："闲归日无事，云卧昼不起。有客款柴扉，自云巢居子。居闲好芝术，采药来城市。自住鹿门山，常游涧泽水。手持白羽扇，脚步青芒履。闻道鹤书征，临流不洗耳。"以鹤传书，表达了隐士的孤寂、落魄又希望出仕的心情。尤其是白居易，作《池鹤八绝句》，点出了鹤的高贵典雅、超凡脱俗。如《感鹤》一首："清音迎晓月，愁思立寒蒲。丹顶西施颊，霜毛四皓须。碧云行止躁，白鹭性灵粗。终日无群伴，溪边吊影孤。"虽独处寂寞，但能以清高自命。

　　仙鹤多居山林草泽之中，以树木为栖，以清风为伴，卓尔不群，孤高自赏，因而道家将其视为仙鸟，乘之可至仙境。传辽东丁令威，学道于灵墟山。学成之后，化为仙鹤，归于辽东。道家赋予了鹤飘逸神秘的气息，其远离尘世的习性、超迈尘俗的意旨追求，更让心怀隐逸之志的文人雅士将其视为同类、朋友，甚至是妻子。北宋林逋"梅妻鹤子"的故事，一直被人们传为美谈。林逋，人称和靖先生，少年好学，性情孤高自好，淡泊名利。待年纪稍长，则遍游江淮。尽赏美景之后，林逋决计在杭州西湖湖畔隐居下来。他与高僧诗友往来，以湖山为伴，二十年不入城市。林逋终身未娶，陪伴他的，是两只美丽的仙鹤。林逋性格散淡，喜好山水，常常独自一人，乘一叶小舟，徜徉于西湖之上。每当有客人造访，童仆就将两只白鹤放出，林逋见鹤必棹舟归来。林逋与范仲淹、梅尧臣等人唱和，早有文名。真宗闻之，赐给了他钱粮，并命府县予以体恤。林逋虽然感激，但并不以此为傲。有人劝他做官，他回答说："我的志向，既不是妻室，也不是功名富贵，只在那青山绿水之间。"林逋终身未娶，没有子嗣，但他植梅养鹤，自谓"以梅为妻，以鹤为子"。

《梅妻鹤子》　高伯龙

　　金朝继承了宋朝的文化，尤其在金末那战火纷飞的乱世，更多的士人更是心怀隐逸之志，想于自然之中寻找一份心灵的宁静和人格的独立。李俊民作为金末的著名文人，经历了乱世纷争、朝代兴替，心中自然更加向往那无拘无束、淑世独立的自然情怀，能以山水为邻，以鸥鸟为乐。此《睡鹤记》便是以鹤自况，显露了自己倔强、孤高、超然出世的人生境界。

　　人之情，有所甚好。有所甚好而不得，则必见似之者而喜。非徒好之，盖感而有所得焉。濠梁之鱼得之乐，山阴之鹅得之书，支道林之鹰与马得之神俊。不有所得，夫何好焉？鹤鸣之好鹤，亦犹是也。鹤也者，物之生于天而异之者也。其性洁而介，其声亮而清。洁而介，则寡所合；亮而清，则寡所和。独以孤高自处，飞鸣于霄汉之上。岂求其异也哉，盖天之所赋者，异也。夫才高则无亲，势孤则失众，鹤奚恤焉？若或矫情自浼，下同于频频之党，变常而丧其真，非鹤之德也。非鹤鸣之所好也。叔世道衰，天物暴夭，思其所好而不得。逮丙申岁，于新居之侧，有蹲石曰睡鹤。昔人取其似而名之，鹤鸣见其似而喜之。事与心会，岂偶然哉。三复观之，其骨耸而奇，其背瘠而偻，其颈宛，其喙箝，若无意飞鸣者，虽沉潜静默，有飘然物外之想。疑其孤高之过，为众所弃，而自晦欤？抑卫人之轩不足弃欤？乌程之树不足栖欤？将遗世远举，羽化而仙，此特其化身欤？不然，何为不飞不鸣，日游于睡乡者乎？谓其果不能鸣，则陈仓之鸡胡为而鸣耶？谓其果不能飞，则零陵之燕胡为而飞耶？吁！是时也，以飞鸣而望于鹤，不可；望于石，尤不可。姑以其似，而又有所得，故感而为之记云。

辽金元文

　　每个人都有自己的喜好，当自己的喜好不能实现时，必然会找一个与其相似的事物来代替它。不是为了爱好而爱好，而是从中有所得。就像庄子与惠施的濠梁之辩，其实争论的焦点并不是鱼到底快乐不快乐，而是在于其中透露了怎样的人生智慧。此外，山阴道士换鹅的故事也正好印证了这个道理。

　　东晋人喜欢养鹅、玩鹅、斗鹅，大书法家王羲之更是如此，他可以从鹅的体貌及

王羲之

动作当中参悟书法的精髓。他好鹅成癖,在他居住的兰亭,还专门建了一个池塘用作养鹅。每当听说哪里有好鹅,便一定要去观赏把玩一番。山阴有一道士,久慕王羲之的才名,想让王羲之为自己写一卷《道德经》。但他心里清楚,像王右军这样的书法大家,是不会轻易替人书写经书的。后来,他听说王羲之好鹅,便灵机一动,计上心来。他悉心养了一群鹅。这群鹅,体态优雅,脖颈细长,白羽浮水,红掌拨波。不久,这个消息就远远地传播开来。王羲之闻知此事,立马就坐不住了。这天一大早,他便与儿子王献之乘一叶小舟来到道士这里。当他看到那群鹅时,便一下子喜欢上了。他找到道士,央求要买他的鹅。道士说什么也不答应,最终开出的条件是,只要能为他写一卷《道德经》,就会把一群鹅送给王羲之。王羲之听罢,大喜,立马铺开纸砚,奋笔疾书,花了一下午的时间,将《道德经》写毕,然后兴高采烈地装上白鹅回到家中。山阴换鹅的故事,一时成为美谈,也让我们真正体味到了魏晋士人的潇洒风流。

道士爱鹅,但其真正的用意则在于以鹅换书。东晋的支道林喜养鹰、马,但从来都不骑放,别人奇怪,他则说:"贫道爱其神骏。"同样,李俊民爱鹤,并不是作为宠物把玩,而是以鹤作为自己的人格象征。由于他欣赏鹤的孤高自处、修身洁行,亦称自己为"鹤鸣老人"。鹤鸣爱鹤,但由于金朝已现末世之状,养鹤的想法已无法实现。即便如此,居室旁边的一尊貌似仙鹤的石头,也让他欣喜不已,并美其名曰"睡鹤"。是否是真鹤,此时已不再重要,重要的是此物正好契合了自己的内心世界。

辽金元文

李俊民是体验过成功荣耀的人,金章宗承安五年(1200年),李俊民便以"弱冠而魁天下",夺得经义进士的第一名。虽高中状元,但随着金朝的式微,少年得志的他,却并没有平步青云,在接下来的十几年中,他接连担任了几个较低的官职,并无多少建树。贞祐二年

石鹤

(1214年),由于金朝国祚日趋没落,加之其耿介的性格难以与世俗的官场相调和,因此,李俊民在彰国军节度使位上辞官归隐。他在《渊明归来图》中写道:"一旦仓惶马后牛,衣冠从此折腰羞。先生不是归来早,束带人前几督邮。"

弃官后的第二年,蒙古大军已经横行北方,铁蹄所过之处,生灵涂炭。据李俊民个人回忆,当年与他一起高中进士的三十二人,在这场劫难过后,只幸存下来两人,其惨烈可想而知。为了避难,李俊民南渡黄河,开始了他避难、隐居的生活。他先后隐居于河南嵩山、鸣皋山、怀州、西山。金亡后,李俊民又徙居怀州、崇山。国家的灭亡,让他痛心疾首,残存的希望也荡然无存。他在诗中写道:"相看一笑在目击,何用左思招隐诗?出门便是天坛路,云间指点巢仙处。"表明了他隐居终生的人生志愿。1235年,应泽州太守段直之邀,李俊民回到了家乡泽州,开始了真正的归隐生活,且一隐就是一辈子。此后,即便元世祖忽必烈对他赞许有加,但却始终没有动摇他的归隐之志。还乡后,李俊民收徒讲学,传经授道,他教授的学生中被选用者就达一百二十二人,可谓桃李芬芳。太守段直亦仰慕其为人,为其筑堂,曰"鹤鸣堂"。李俊民自己亦作《睡鹤记》,以睡鹤自许,言其遗世之情。

元中统元年(1260年),李俊民驾鹤西去,终年八十五岁。

辽金元文

出处殊涂听所安，山林何得贱衣冠

——元好问《市隐斋记》

元好问，字裕之，号遗山，太原秀容（今山西忻州）人，是金代最杰出的文学家。元好问是北魏鲜卑拓跋氏的后裔，其远祖元结是中唐著名诗人。元好问的生父元德明自幼嗜读书，有诗名，但屡举不第，遂放浪山水之间，饮酒赋诗以自适。元好问七个月的时候，就过继给了叔父元格。元格常年在外做官，因此，好问自小就随叔父宦游四方，拥有了同龄人少有的阅历与见识。他四岁的时候就开始读书，到七岁的时候，就能吟诗作对，被太原名士王汤臣誉为神童。十一岁的时候，随元格为官冀州，在这里，遇到了当时的著名诗人

元好问（1190—1257 年）

路铎。路铎很是欣赏他的才华，于是教他写文章。随后，他又师从当时的名士郝天挺。郝天挺学问人品皆为上乘，给了元好问重要的影响。在郝天挺的悉心调教下，元好问的学问也大有长进，而郝天挺亦对天赋聪慧的元好问青睐有加。他在《送门生赴省闱》一诗中就赞许道："青出于蓝青愈青，小年场屋便驰声。"看来，少年时期的元好问，已经能在科举考试当中崭露头角，声名远播了。

1205 年，元好问十六岁，与诸人共赴并州参加科举考试。途中，遇到一个猎户，手提两只大雁。由于同路，便攀谈起来。猎户告诉他们一桩奇事：他早上的时候，设网捕雁。一会儿，两只大雁落入网中，他捕得一只，另一只挣扎逃脱。他将捕获的大雁杀掉，然而，令他不解的是，逃脱的大雁并不飞走，而是在他的头上盘旋悲鸣，最终，竟然投地而死。元好问听罢，感慨良久。他花钱将两只雁买了下来，将它们葬在了汾河岸边，垒上石头以做标记，号曰"雁邱"，并作词一

首,以示祭奠:

> 问世间情是何物,直教生死相许?天南地北双飞客,老翅几回寒暑!欢乐趣,离别苦,是中更有痴儿女。君应有语:渺万里层云,千山暮雪,只影向谁去!
>
> 横汾路,寂寞当年箫鼓,荒烟依旧平楚。招魂楚些何嗟及,山鬼自啼风雨。天也妒,未得与,莺儿燕子俱黄土。千秋万古,为留待骚人,狂歌痛饮,来访雁丘处。

天南地北双飞客

词虽为咏雁,却谱写了一曲凄怆感人的爱情悲歌。词首一句"问世间情是何物,直教生死相许?"便在悲凉的气氛当中,将人引入对纯真爱情的思考。这就是年少的元好问所具有的真挚情怀。词虽为后来改定,但完全可以看出他的情思蕴藉和才华横溢。

青年时期的元好问,正意气风发,怀揣着匡时济世的抱负,纵使在科举考试中偶遇挫折,内心却始终存有对国家的热切关怀。他落榜回归途中曾作诗云:"春风不剪垂杨断,系尽行人北望心。"然而,时代却并没有给他创造施展才华的契机,1211年,成吉思汗大举进攻金朝,整个北方大地,处处狼烟,生灵涂炭。1214年,懦弱无能的宣宗逃到了汴京。是年三月,蒙古军攻破山西忻州,进行了惨绝人寰的屠城,元好问的兄长元好古就在此时遇难了。接下来的时间,元好问辗转于太原、洛阳、女几等处,躲避着兵灾。贞祐四年(1216年),河东再度遭受兵祸,元好问奉母张氏南渡黄河,寓居福昌三乡镇。由于宣宗南渡,因此,金朝大量文人也随之来到河南。在三乡,元好问就遇到了自己的旧友赵宜之、刘景玄,并结识了当地的文人辛敬之等人。此间,文人雅士互相唱和,好问的诗文

得到了大幅度的提升,像名垂后世、极见理论功底的《论诗三十首》就创作于这期间。也就在这个时候,元好问的名气远播。礼部尚书赵秉文见到他的诗作之后,击节赞赏,以书召之,元好问遂名震京师,时人誉为"元才子"。

有名气了,自然求文的人就不会少,此篇《市隐斋记》就是应朋友之请,创作而成。

市隐斋记

吾友李生为予言:"予游长安,舍于娄公所。娄,隐者也,居长安市三十年矣。家有小斋,号曰'市隐',往来大夫士多为之赋诗,渠欲得君作记。君其以我故为之。"

予曰:"若知隐乎?夫隐,自闭之义也。古之人隐于农、于工、于商、于医卜、于屠钓,至于博徒、卖浆、抱关吏、酒家保,无乎不在,非特深山之中,蓬蒿之下,然后为隐。前人所以有大小隐之辨者,谓初机之士,信道未笃,不见可欲,使心不乱,故以山林为小隐;能定能应,不为物诱,出处一致,喧寂两忘,故以朝市为大隐耳。以予观之,小隐于山林,则容或有之,而在朝市者,未必皆大隐也。自山人索高价之后,欺松桂而诱云壑者多矣,况朝市乎?今夫干没氏之属,胁肩以入市,叠足以登垄断,利嘴长距,争捷求售,以与佣儿贩夫血战于锥刀之下,悬羊头,卖狗脯,盗跖行,伯夷语,曰'我隐者也'而可乎?敢问娄之所以隐,奈何?"

日:"鬻书以为食,取足而已,不害其为廉;以诗酒游诸公间,取和而已,不害其为高。夫廉与高,固古人所以隐,子何疑焉?"

予曰:"予得之矣,予为子记之。虽然,予于此犹有未满焉者。请以韩伯休之事终其说。伯休卖药都市,药不二价,一女子买药,伯休执价不移。女子怒曰:'子韩伯休邪?何乃不二价?'乃叹曰:'我本逃名,乃今为儿女子所知!'弃药径去,终身不返。夫娄公固隐者也,而自闭之义,无乃与伯休异乎?言,身之文也,身将隐,焉用文之?是求显也。奚以此为哉?予意大夫士之爱公者强为之名耳,非公意也。君归,试以吾言问之。"

贞祐丙子十二月日,河东元某记。

市隐,顾名思义,隐居于闹市之中。古人曾说:"小隐隐于陵薮,大隐隐于朝市。"因此,娄公以"市隐"来命名自己的府第,自然以大隐自许。然而,元好问却毫不留情地指出了他的真实面目。真隐,不必计较于形式,可以做农民,可以为商人、渔翁、赌徒、酒保,皆可称为隐者的身份。隐的真谛就是一种自闭。既然众多方式皆可为隐,那为什么还要分出大隐小隐来呢?那是因为初涉大道之人,信仰尚不彻底,为了不接触贪欲,使自己的心不乱,所以隐居到山林,这是小隐;能够心平气静,不被外界的事物所迷惑,到哪里都一样,言行一致,对喧嚣或寂静的环境都视而不见,所以隐居在城市的叫作大隐。而如今,身在江湖,心存魏阙的人大有人在,此种欺世盗名之行为的确让人厌恶。娄公一边以隐士自命,一边又请人作记,自高声价,又为哪般呢?虽然朋友已做辩解,但元好问仍觉不能令人信服。于是,他引出韩伯休之故事来做佐证。

韩康,字伯休,汉时京兆霸陵人。常年行走于名山大川之间采摘草药,然后到长安集市上售卖,以为生计。他卖药有自己的原则,那就是不讲价,这一原则一坚持就是三十多年。一天,一女子向韩康买药,想让韩康便宜一些,韩康坚持一分钱不让。女子大怒,说:"你是韩伯休吗?竟然言不二价!"韩康听罢,长叹一声:"我本来要逃避俗世虚名,不曾想如今就连小女子都知道我的名号,已然如此,我还卖药做什么?"于是,逃入霸陵山中。

韩伯休声名在外,朝廷看重其品性,多次征召,都未果。桓帝时,特备下厚礼,以驷马安车去聘请他。使者奉诏造访,康不得已,佯装答应。但他坚决不坐安车,而是自己驾着一辆破牛车,一大早独自先行了。他行至一驿亭,正逢亭长在奉命征用车牛为征君韩康架桥修路。亭长并不认识韩康,见他一身素朴,就把他当成了农夫。于是,要强征他的牛。韩康也

韩康卖药

辽金元文

·089·

不做争辩,就将牛卸下交予他们。一会儿,使者大车接踵而至,亭长这才知道农夫就是韩征君,顿时吓得面如土色,磕头如捣蒜。使者请示韩康,要斩杀亭长,以泄怒气。韩康淡然道:"牛是我自己交给他的,亭长有什么罪过呢?"使者才停

止。最终,韩康还是乘机在进京途中逃进了深山密林之中,仍然过那闲云野鹤的生活。

元好问所写的,是一篇记体文。按照传统的套路,他本应该点明斋名的由来,描写一下周边的环境,并为斋的主人褒扬一番,肯定一下他隐居乐道的美德。然而,元好问却一反记体文的寻常体例,以议论为主,围绕"隐"的真实含义,阐明了自己的观点,进而揭开了娄公的虚伪面目。文章纯以理胜,笔端饱含了对世风的感慨,表达了对娄公之流沽名钓誉行为的不齿,由此也显现出作者本人好恶分明、不饰虚妄的纯真个性。

纵观元好问的一生,在他的思想中,并没有对隐逸的格外偏好,反而对人们重山林而轻台阁的倾向予以批评,正如他在《论诗三十首》第十四首中所说:"出处殊涂听所安,山林何得贱衣冠。华歆一掷金随重,大是渠侬被眼谩。"纵使他生活于兵荒马乱的社会,面临着国祚不兴、有志难成的艰难局面,他仍然没有选择消极地遁世逃避,而是勇敢地承担起神圣的社会使命,著书立说,游说元主,尽量将金朝的文化保存下来,对儒者进行保护,为中国文化的保存做出了杰出的贡献。元好问在文中所说,真正的隐者并不在于其居处的形式,同样,真正的高士,也并非在于其置身于山林还是市井,而是拥有着高洁的品质、崇高的情怀。如许,好问应为斯人。

《中州集》

心画心声总失真，文章宁复见为人
——元好问《东平行台严公祠堂碑铭·序》

元好问是金末的著名诗人、词人、散文家，也是著名的文学理论家，其年轻时所作的《论诗三十首》组诗，以其深邃的分析和独到的见地而受到后世的推崇。其第六首探讨的是为文与为人之间的关系，其阐释的观点超凡脱俗、独辟蹊径：

> 心画心声总失真，
> 文章宁复见为人。
> 高情千古闲居赋，
> 争信安仁拜路尘！

安仁即西晋太康诗人潘岳，又称潘安，年少美姿容，以才华闻名于世。二十余岁时，晋武帝躬耕籍田，潘岳曾作赋来赞美其事，因此，为众人所不齿。虽有才华，却许久得不到升迁，郁郁不得志。他曾写过一首著名的《闲居赋》，表达了自己淡泊名利、情致高洁的品性。此文一出，辄众人传颂，名重一时。然而，现实中的潘岳却是一个钻营利禄、趋炎附势的小人。他与石崇等人依附权臣贾谧，为贾谧二十四友之首。为了表达忠心，竟然望贾谧车骑扬起的尘土而拜。这样的行为举止，与其《闲居赋》中所表达的思想竟判若两人，显现出其言不由心的二重人格。

元好问正是鉴于潘岳这样活生生的历史案例，才反对扬雄的"心画心声"之说，无情地揭露出文学史上言行不一的矛盾现象。然而，人心本就复杂，再加之世事纷扰，文人也往往身不由己，说出一些言不由衷的话来，自然也在情理之中。其实，何止一个潘岳，就是对这种行为痛加针砭的元好问本人，也有作文违心的时候，为崔立撰写碑文自不待言，他为严实所写的两篇碑文，也历来饱受争议。

兹选《东平行台严公祠堂碑铭·序》一文，如下：

　　山东，重地所在，天下莫与为比。杜牧以为："王者不得之则不可以王，伯者不得之则不可以伯。"古之山东，今河朔燕、赵、魏。是以就三镇较之，魏常制燕、赵之生死而悬河南之重轻，故又重焉。方天兵南下，海宇震荡，雷霆迅击，无不糜灭。燕城既开，朔南分裂，瞻乌爰止，不知于谁之屋。公拥上流，握劲锋，审大命之去就，一群疑之同异。乃以庚辰春，籍所统彰德、大名、磁、洺、恩、博、滑、浚等州户三十万，献之太师之行台。形势既强，基本斯固，国家所以无传檄之劳、亡镞之费，而成包举六合之功者，公之力为多。昔淮阴袭历下军，尽有齐地，高祖因之以成帝业；耿弇攻祝阿，宝融合五郡兵，光武因之以集大统；以公方之，尚无愧焉。好问客公幕下久，故能知公所以得民者。盖公资禀沈毅，威望素著，且严于军律，少所宽贷。见者流汗夺气，莫敢仰视。中岁之后，乃能以仁民爱物为怀。郡王兵破相下之水栅，继破曹、濮，怒其翻覆，莫可保全，欲尽坑之。公百方营救，得请而后已。兵出荆、襄，公自邠、徐赴之，谓所亲言："河南受兵，杀戮必多，当载金帛以赎之。"灵璧降，民方假息待命。公馈主兵者，下迨卒伍，亦沾膏润，一县老幼，皆被更生之赐，且纵遣之。计前后所活，无虑十数万人。生口北渡，无从得食，糜粥所救者尚不论也。画境之后，创罢之人，新去汤火，独恃公为司命。公为之辟四野，完保聚，所至延见父老，训饬子弟，教以农里之言，而勉之孝弟之本。恳切至到，如家人父子，初不以侯牧自居。官使善良，汰逐贪墨，贷逋赋以宽流亡，假闲田以业单贫，节浮费以丰委积，抑游末以厚风俗。至于排难解纷、周急继困、收恤孤嫠、佽助葬祭，菽粟易于水火，冰霜化而纨绮，人出强勉，我则乐为。故薨谢之日，境内之人号泣相吊，自谓一日不可复活。非策虑幅亿，洞见物情，权刚柔之中，持操纵之术，始以重典立威，终以仁心为质者，能如是乎？壬子孟冬，公之嗣子某，走书币及好问于镇阳。书谓好问言："先公功著兴王之初，名出勋臣之右。虎符龙节，长魏、齐、鲁五十城者，逾二十年。官有善政，政有遗爱，敬者比之神明，报之欲其长久。某猥嗣世爵，大惧弗克奉扬先德，辄与参佐、部曲、士庶、耆寿同力

一志,作为新庙,以致祔祠烝尝之敬。宜有文辞,昭示永久,惟吾子惠顾之。"好问以为:祠祭之为大事,尚矣!以劳以功,三代不易之道,若栾布之立社,甄子然、宋登之配食。后世亦有以义起之者,蜀人祭忠武侯于道陌,而博士拜章;珪通贵,不营私庙,而法官劾奏。礼固不可以变古,而亦贵于沿人之情,况乎时则绵蕝未遑,人则煮蒿将见,如公之庙貌,独不可以义起乎?祀典废于一时,公议存乎千载。异时有援表忠观故事言于朝者,尚有考焉。好问既述公之事,又系之以诗,使歌以祀公。

元好问创作的各种作品当中,尤以碑志文用功最勤,成就最高。元好问的学生郝经在《遗山先生墓铭》中评价元好问说:"汴梁亡,故老皆尽,先生蔚为一代宗匠,以文章伯独步几三十年。铭天下功德者尽趋其门。有例有法,有宗有趣,又至百余首。"好问作碑志,并不单纯为逝者歌功颂德,他在写作的过程中,秉承着强烈的史家意识,着重客观叙事,将大量史实通过碑志保存下来。对人物的评价,元好问往往并不轻置臧否,而是以详细的史实予以陈述。对于严实这样一个有争议的人物,元好问以自身与严实的长期交往、了解作为依据,给予了严实极高的评价,并以具体的事例,进行详细的描述。

那严实何许人也,能让元好问不避嫌疑,为他歌功颂德呢?

严实,字武叔,金末泰安长清(今山东长清)人。他是金、宋、元三家争夺山东时涌现出的一个枭雄人物。1913年,蒙古大军掠夺了山东。退兵之后,金朝政府决意在山东加强防守力量,东平行台征召大量百姓入伍。乱世出英雄,残酷的争斗却成为严实人生的转折点,他因志气豪放、孔武好斗而当上了百夫长。

金朝末年,由于政府的腐败无能,在对元战争中一再失利,加之连年的天灾,使得山东境内百姓生活困苦,民不聊生。于是,山东农民起义风起云涌,其中实力较强的就有杨安儿率领的起义军、李全统领的红袄军,以及泰安的刘二祖、兖州的郝定等起义队伍。罗贯中在《水浒传》中描写的各路豪杰齐聚梁山泊,揭竿而起,替天行道的故事多多少少都应该有着当时农民起义的影子,只不过梁山泊好汉是反抗宋朝政府的压迫,有着明确的斗争方向,而此时的农民起义军,却只是一群聚在一起的饥民百姓,为了寻求一条生路而被迫铤而走险。因此,当金朝大军到来之时,他们或被消灭,或投降于蒙古和南宋。

1214年,起义军张汝辑攻打长清县城,严实率领军队将其击败,遂得到了擢升，被任命为长清县尉，1218年当上了长清的代理县令。金朝军队开始了对山东起义军的疯狂镇压。李全的红袄军力量分散，寡不敌众，为了保全实力，投靠了南宋。在南宋的支持下，他转而卷土重来，重新占据了山东大量土地。面对着气势汹汹的起义军队伍，东平行台命严实备足粮草做好防御准备。一日，严实出外督办粮草，李全的起义军趁机占领了长清。虽此后不久就被严实率军重新夺回，但东平行台听信逸言，怀疑严实暗通南宋，于是派军队包围了长清。无端受到猜疑，严实胸中不禁燃起仇恨的火焰，在金军的紧逼之下，严实又投靠了南宋。不久，严实就挥戈北上，将矛头对准了曾经的老东家。宋朝在山东有着良好的群众基础，即便早已为金朝属地，但民间的抗金运动一直没有中断。当年完颜亮渡河南侵的时候，山东起义军耿京率领的起义队伍就曾给予了金人严重的威胁。所以，当严实率队伍重新返回之时，受到当地百姓的欢迎，兵锋所到之处，城池纷纷陷落。不到两年时间，太行山以东地区，尽归严实管制。一时间，严实如日中天，成为山东地区举足轻重的势力，也成了宋、金、元三方争取的对象，也正是这样复杂的局势，才成就了他多变的人生。

1217年，成吉思汗将中原事务交给了木华黎，自己则将目光投向了西方，也放缓了对金朝的进攻。1220年，金朝驻守河南的军队趁机攻打彰德（今河南安阳），南宋守将单仲多次向严实求救，但严实的上级长官张林却为了保存自己的实力，不予出兵。严实深知唇亡齿寒，待彰德陷落之后，必然威胁到自己，于是，他独自率兵前往救援。但等到援兵到达，单仲已经被擒。这给严实强烈的刺激，他认识到，南宋内部已矛盾重重，各方势力都打着自己的小九九，貌合神离，要想真正立足，就必须寻找一个稳固的靠山。这年秋天，对南宋大为失望的严实便带领三十万户，谒于木华黎门下。降于元朝的严实遂与蒙古军队四处出击，攻克东平之后，将其也纳入了自己的管辖范围。

辽金元文

· 094 ·

严实之所以被许多人所斥责，一方面在于不齿其见风使舵的行为操守，另一方面则在于其杀害了南宋抗蒙名将彭义斌，成了民族的罪人。彭义斌本为红袄军李全的部下，随李全降宋后，不满李全的倒行逆施，于是率兵击败李全，将其队伍纳入麾下。随后，彭义斌挥军北上，与蒙古军队展开了激战。一路上，他的军队所向披靡，占领河北大名府，攻下恩州，击败河北的蒙古将领史天倪，招降武仙。河北义军纷纷投靠，一时军队实力大增。随即，他回师围攻东平。此时，彭义斌正实力强劲，严实自知无法与之抗衡，遂派人向蒙古大将孛里海请援，但久久都得不到回应。城里的粮食已经耗尽，严实再无力支撑，于是伪降于彭。彭义斌志在收复中原，因此对严实以礼相待，拜他为兄长，希望严实能够助自己一臂之力，但暗中将严实在青崖的家眷扣留以做人质。

正当此时，木华黎的儿子孛鲁国王已经命令肖乃台率领三千蒙古兵协助史天泽攻打武仙，在三月时收复真定。武仙逃出真定，急忙向彭义斌请救。于是彭义斌匆忙率军前去增援，严实亦随军出征。军队在途中与蒙古大将孛里海相遇，严实阵前倒戈，致使彭义斌腹背受敌，大败。蒙军乘胜追击，彭义斌战败被俘。蒙军劝降，彭义斌厉声斥责："我大宋臣，且河北、山东皆宋民，义斌岂为他人属耶！"说后从容就义。彭义斌一死，南宋抗蒙势力受到严重削弱，更使宋朝不可挽救地走向了灭亡，这也是严实欠历史的一笔债。

彭义斌死后，南宋在北方的军事活动从此一蹶不振，不久，东平又重新为严实所有。1230年，元太宗于牛心川之幄殿召见严实，"宴享终日，赐虎符"，称赞他"真福人也"。1234年，蒙古军队攻入蔡州，金哀帝自缢身亡，金朝灭亡。严实被封为东平路行军万户，自此，严氏家族开始了对东平长达数十年的统治。

严实"真为福人"，不知元太宗何以出此言论。在这群雄逐鹿、烽火连天的乱世，这福分不知从何而来，他之所以还能够幸免，就是因为他能够斟酌利弊，小心地周旋于几方力量之间，这也是持忠君卫道思想的人大力抨击他的原因。朝秦暮楚，这种乱世中滋生的人性阴暗的一面，元好问在严实碑文当中并不讳言，但同时他也肯定严实的功绩，则在于同样的生存体验以及他对严实的了解。

正大八年（1231年）八月，元好问在南阳县令任上奉召赴京，担任了尚书省掾、左司都事等职。金朝灭亡后，元好问开始了遗民的生活。北渡之初，他被编管于聊城，备受生活的艰辛。后来，元好问被放至东平，这是严实的势力范围。严实在山东东平是有所作为的。他抚慰百姓，兴办学堂，使得东平社会安定、百姓富足，迅速地从战争的阴影当中走了出来，以至于马可·波罗到东平时，惊呼这是人间的天堂。元好问在当时已有文名，严实对其是敬仰有加的，因此他不顾元好问的俘虏身份，让其担任教职，以礼待之。元好问正处于颠沛流离、贫苦窘迫之时，因此，能得到严实的接济与赏识，自然也心存感激。对于战争的残酷，元好问是有着痛彻心扉的体验，战争过后，百姓往往十不存一，到处一片焦土，在这种极度残酷的环境当中，任何保存自己生命的方法似乎都不必招致太多的苛责。此外，蒙古军队在战争中，显示出野蛮、嗜血的本性，一旦在进攻中受到强烈抵抗，待城破之时，必然采取灭绝人性的大屠杀，这一点，元好问是很清楚的，他的兄长就是惨死在蒙军的屠刀之下。所以，对于严实携三十万户降

辽金元文

于蒙军之举,元好问不仅采取了宽容的态度,而且在某种程度上还表现出对严实拯救黎民的感激,正如他在文中所说:"国家所以无传檄之劳、亡镞之费,而成包举六合之功者,公之力为多。"

历史的车轮依旧在缓缓前行,任何心念故国而痛哭流涕甚至以身殉国之举都于事无补,元好问与严实一样,都以历史的眼光,采取了更有现实意义的做法。他虽然在金朝灭亡的很长一段时间内,时时流露出对故国的伤感,但事实既定之后,他没有耽溺于悲痛之中,而是著书立说,尽量保存金国的文化。同时也向元朝举荐了大量的人才,为中华民族的发展做出了杰出的贡献。

当然,此篇碑铭对严实的评价,自然在某种程度上有避重就轻、刻意夸大之嫌。文人为文,必局限于自身的情感与认识,遂不免有言实不相称之处。以今人观古人,我们"不必为好问讳,正亦不足为好问累"。

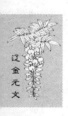

辽金元文

故事里的元文

百年一统　典雅纯正

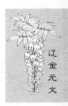

　　元朝亦以武力兴国,初期对文治并没有予以重视,但随着疆域的扩大,思想文化领域的统治便提上了日程。元世祖派耶律楚材寻访金、宋儒学之士,获赵复北归,从而开创了元朝南北理学昌盛的局面。元朝文人多为儒士,因此,元朝的散文多受理学思想的影响。总的来看,元代散文在思想上不出濂洛关闽,表现在行文风格上则不外乎典雅纯正。

　　当然,百年之间世风推移,散文自然也表现出各个阶段的特点。元朝初期,文学创作的主体主要由遗民作家构成,包括戴表元、赵孟頫、姚燧、刘因等人,他们的文章多抒发故国之思、亡国之痛,表现出浓重的遗民情节,思想内容真挚厚重,显示出较高的艺术水准。元朝中期,主要是延祐时期。此时期政局稳定,时代承平,元朝散文融合了南北散文的特点,渐渐具有自身特点,出现了虞集、吴澄、揭傒斯等著名作家,进入了散文的繁盛时期。然而,承平日久,文人往往歌功颂德,散文脱离现实的倾向也日

益严重,虽然元朝内部已经矛盾重重,但在创作中仍然显现出一种"治世之音"。元朝后期社会黑暗,战争频仍,散文创作也表现出了末世余响。文风纤秾浮艳,内容上也更多反映出潜身远祸的隐逸思想。

谢杨柳多情，还有绿阴时节

——戴表元《送张叔夏西游序》

中国人自古以来就重情感，伤离别，于是，在友人分离之际，或赋诗以相赠，或作赋为文以记其事，这篇《送张叔夏西游序》就是元代作家戴表元在好友张炎即将西游之际所作：

玉田张叔夏与余初相逢钱塘西湖上，翩翩然飘阿锡之衣，乘纤离之马，于是风神散朗，自以为承平故家贵游少年不翅也。垂及强壮，丧其行资。则既牢落偃蹇。尝以艺北游，不遇，失意。邅邅南归，愈不遇。犹家钱塘十年。久之，又去，东游山阴、四明、天台间，若少遇者。既又弃之西归。

于是余周流授徒，适与相值，问叔夏："何以去来道途，若是不惮烦耶？"叔夏曰："不然。吾之来，本投所贤，贤者贫；依所知，知者死。虽少有遇而无以宁吾居，吾不得已违之，吾岂乐为此哉？"语竟，意色不能无阻然。少焉，饮酣气张，取平生所自为乐府词，自歌之，噫呜宛抑，流丽清畅，不惟高情旷度，不可亵企，而一时听之，亦能令人忘去穷达得丧所在。

盖钱塘故多大人长者，叔夏之先世高曾祖父，皆钟鸣鼎食，江湖高才词客姜夔尧章、孙季蕃花翁之徒，往往出入馆谷其门，千金之装，列驷之聘，谈笑得之，不以为异。迨其途穷境变，则亦以望于他人，而不知正复尧章、花翁尚存，今谁知之，而谁暇能念之者！

嗟乎！士固复有家世材华如叔夏而穷甚于此者乎！六月初吉，轻行过门，云将改游吴公子季札、春申君之乡，而求其人焉。余曰唯唯。因次第其辞以为别。

辽金元文

戴表元,字帅初,一字曾伯,自号剡源先生,奉化榆林人。他的诗作静细清
新,风致近于晚唐,而他的文章更为著名,笔调
清新流畅,文法宗唐宋诸家,力革宋代散文偏
爱说理之弊,因此,在东南一带"以文章大家名
重一时"。南宋咸淳七年(1271年),戴表元中
进士,随后曾任迪功郎、建康府教授等职。
1276年,南宋都城临安被攻陷,寓居江南一隅
南宋小朝廷处于风雨飘摇之中。蒙古的铁骑
踏破了戴表元平静的生活,随后,他就开始了
仕、隐两难的漂泊生活,以授徒卖文为生,颠沛
流离于浙中、浙北一带。在当时,与他有着同
样遭际、流落于浙江一带的文人还有周密、王

戴表元(1244—1310年)

沂孙、舒岳祥、郑思肖、邓牧等人。故国的流落使他们承受着巨大的精神痛苦,
因此,彼此往来,相互唱和,成了彼此抚慰心伤的方式。加之戴表元淡泊名利、
为人热情,因此也成了这些南宋遗民中的核心人物。这篇赠序,就是写给故交
张炎的。

在戴表元的文学思想当中,主张"陈礼义而不烦,舒性情而不乱",因此,他
虽宗法唐宋诸家,但在怀念故国、痛陈时弊之时,却能做到情感真挚,笔法含蓄
委婉,将意念深藏于纡徐自然的叙事语言当中。此篇赠序,有别于古人写序时
的直抒胸臆,而是将内心郁结已久的愤切通过介绍与张炎交往的过程而微微叙
来。整篇序文以叙事作为架构,介绍了与友人张炎三次相见的情形。三次相
见,张炎的人生遭际却有着天壤之别,这不禁让他产生了对朋友的深深同情,同
时,也激发了他对文人命运的悲悯和对当朝统治者的强烈愤慨,因为,张炎的命
运,正是元朝初年大多数知识分子悲惨命运的真实写照。

蒙古人是在马背上夺得的天下,他们生性豪放,崇尚武力。夺得天下之后,
一方面需要大量的文人来帮助统治国家,另一方面,他们又对知识分子采取一
定的排斥态度。之所以有着这样矛盾的心态,是因为在他们的思想观念当中,
辽朝的灭亡与佞佛脱不了干系,而金的覆灭,则正是汉化太深的结果。因此,元
朝初年知识分子的命运就与这种观念不可避免地联系到了一起。

在以儒家思想为主导思想的社会当中,"万般皆下品,惟有读书高",知识分
子是思想的创造者和引领者,拥有着王者之师的炫耀光环。然而这一切,却在

辽金元文

异族的统治之下，一夜之间发生了翻天巨变。元朝统治者为了维护统治，采取了森严的等级划分，将整个社会人群划分为四个层次：蒙古人、色目人、汉人和南人。整个汉人群体遭受着严重的歧视，生活在社会的最底层。不仅如此，他们还实行了职业、户籍分等制，身处底层的汉族知识分子更是雪上加霜。郑思肖在《心史》中记载："一官、二吏、三僧、四道、五医、六工、七猎、八民、九儒、十丐。"文人仅排在乞丐的前面。更致命的打击来自于科举。自元太宗九年实行科选之后，在接下来的八十年中，科举一直被废止，士子的晋升途径被彻底地阻断了。没有了前途，没有了赖以生存的基础，儒家构筑的大厦瞬间崩塌，知识分子滑到了社会的边缘。因此，除了极少一部分文人仕途腾达，成为统治阶层的一部分之外，大部分文人止步于官场之外，对比曾经的辉煌与荣耀，他们只能默默地忍受梦想的破灭和人生价值的缺失。随后，他们有的退隐山林，过着与世无争的生活；有的则进入市井，穷困潦倒，栖身于勾栏瓦肆之间。如关汉卿在《南吕·一枝花》中对自己的描述：

> 我是个蒸不烂、煮不熟、捶不扁、炒不爆，响当当一粒铜豌豆，恁子弟每（们）谁教你钻入他锄不断、斫不下、解不开、顿不脱、慢腾腾千层锦套头。我玩的是梁园月，饮的是东京酒，赏的是洛阳花，攀的是章台柳。我也会围棋、会蹴鞠、会打围、会插科、会歌舞、会吹弹、会咽作、会吟诗、会双陆。你便是落了我牙、歪了我口、瘸了我腿、折了我手，天赐与我这几般儿歹症候，尚兀自不肯休。则除是阎王亲自唤，神鬼自来勾，三魂归地府，七魄丧冥幽，天那，那其间才不向烟花路儿上走！

辽金元文

表面上，我们看到的是他的潇洒任诞，但仔细观察就会发现，这字里行间，满是压抑冲突，满是怀才不遇，满是沉郁心酸。在这样一个对于知识分子而言没有任何出路的年代，只有放纵形骸、肆意潇洒，才能够暂且远离内心的痛苦。

张炎，字叔夏，号玉田，又号乐笑翁，有着显赫的家世。他的六世祖是南宋中兴名将张俊。张俊字伯英，南渡之后握有兵权，屡立战功，与韩世忠、刘琦、岳飞并称四大名将。能迎合圣意，颇得宋高宗宠幸。晚年封清河郡王，显赫一时。他的曾祖父张镃是一名雅士，能诗擅词，又善画竹石。他好养文士，姜夔、孙季蕃等都附于他的门下。他品味高雅，生活奢华。周密的《齐东野语》曾记载"其园池声妓服玩之丽甲天下"，且以举办牡丹会而闻名天下。当众宾客都已来齐,张镃宣布宴会开始,一时间,悄然静寂。他问道:"香已经发了吗?"左右回答:"已经发过了。"仆人卷起了帘子,香气从屋内散发出来,香满四座。紧接着,一群家妓携带美酒佳肴、丝竹乐器,鱼贯而出,款款而来。又有数十家妓,头戴牡丹,衣领皆绣牡丹颜色,歌唱《牡丹词》,侑酒而退。还有数十家妓,换装出来,大抵簪白花则穿紫衣,簪紫花则穿鹅黄衣,簪黄花则穿红衣。这样喝了有十杯酒,这群家妓的衣服与花也随着换了十次。酒会结束时,数百名歌舞家妓,列行送客,烛光香雾,歌吹杂作,使来宾恍若仙游……

生于这样豪奢显赫的人家,张炎不但培养了杰出的文学才华,使其在诗词理论、创作上取得卓越的成就,而且也养成了诗酒风流的富家公子的风气做派。因此在戴表元第一次见到他的时候,身穿华服,胯下一匹良驹宝马,举手投足之间,风度翩翩,气宇非凡。

然而这一切却在蒙宋战争的滚滚狼烟中灰飞烟灭。宋恭帝德祐元年(1275年),张炎的祖父张濡戍守广德军独松关,杀元使臣二人。第二年,元军攻入临安,杀死了张濡,并抄没了他的家产。张炎得以侥幸逃脱,但他的父亲却下落不明,妻子家产也都没于军中。他的人生顿时由贵公子沦落为流浪汉。元至元二十七年(1290年),朝廷征召有书画才能的人北上至大都,书写金字藏经。这次征召的不只张炎一人,还有江南的其他文人。元朝廷有借书写金字藏经来笼络人才的意图,然而,虽身负家仇国恨的他并没有像谢枋那样,为了不与元朝政府合作而自杀明志,但他也并没有借此来为自己谋一个立身的资本,在大都待了一年,他就回到了南方。为此,他还曾写了一首《八声甘州》,以记此事:

辽金元文

> 记玉关踏雪事清游,寒气脆貂裘。傍枯林古道,长河饮马,此意悠悠。短梦依然江表,老泪洒西州。一字无题处,落叶都愁。
>
> 载取白云归去,问谁留楚佩,弄影中洲?折芦花赠远,零落一身秋。向寻常、野桥流水,待招来,不是旧沙鸥。空怀感,有斜阳处,却怕登楼。

张炎南归之后,生活愈加失意。在钱塘居住十年之后,因贫困而外出漂泊,向东行至山阴、四明、天台间。在这期间他辗转奔波,漂流不定,有时不得不摆摊占卜为生。戴表元此时正流转于各地以教书来谋生计,与他相逢,问道:"为何要这样来回辗转,难道不怕麻烦么?"张炎答道:"我原本想投靠知交旧友,然而,能够投靠的人,不是贫困,就是已经死去。即使偶尔有人能够接济,但也不能给我一个安定的家。我这是不得已而为之,难道谁愿意这样做吗?"言讫不胜心酸。同为天涯沦落人,同样的境遇,已无须多言,只有在酒中才能寻找到些许的慰藉。酒酣时分,张炎唱自作歌词,噫呜婉转,流丽清畅,一时间能让人忘却世间的穷达得失。

郑思肖曾这样评价张炎的词:"能令后三十年西湖锦绣山水,犹生清响,不容半点新愁,飞到游人眉睫之上,自生一种欢喜痛快。"这不唯独是给别人的感觉,他自己,也会在这缠绵悱恻的词句当中,如泣如诉,长歌当哭,为自己寻求一份安慰,给自己找一个活着的理由。

长亭怨·旧居有感

张炎

望花外,小桥流水,门巷愔愔,玉箫声绝。鹤去台空,佩环何处弄明月?十年前事,愁千折,心情顿别。露粉风香谁为主?都成消歇。

凄咽。晓窗分袂处,同把带鸳亲结。江空岁晚,便忘了,尊前曾说。恨西风不庇寒蝉,便扫尽,一林残叶。谢杨柳多情,还有绿阴时节。

辽金元文

士束发学道，期于有用

——郝经《班师议》

　　1259年，忽必烈正在与南宋军队鏖战于鄂州。由于南宋军民的奋力抵抗，鄂州久攻不下。正在徘徊犹豫之际，汉族文人郝经的一篇《班师议》，让忽必烈改变了想法，决意率军北上，与阿里不哥争夺皇位，从而开创了一个忽必烈的时代。

　　作为一个汉族文人，郝经何以能为少数民族统治者所信服，影响历史的轨迹？

　　郝经（1223—1275），字伯常，祖籍泽州陵川。他出身于书香门第，他的爷爷郝天挺为金代大儒，元好问即出于他的门下。郝经出生之时，正逢蒙古南侵，到处兵荒马乱、战火纷飞。为了避难，父亲郝思温携全家来到河南鲁山一带居住。逃难的生活颠沛流离，充满艰辛，幼小的郝经多次徘徊于死亡的边缘。1232年，河南也陷落了。迫不得已，郝经一家只得再次迁徙，渡过黄河，先来到了河北保定满城，后又搬至顺天。此时的家里，已极度贫寒，根本没钱购买自己的房子，只

郝经

能租房，因此，十一年间，竟搬了十次家。面对着家庭的窘迫，父亲无奈做了一个决定，打算让郝经在家干活，只供弟弟一个人读书。父亲的想法遭到了母亲的坚决反对，她认为郝经天资聪慧、胸怀大志，是可以造就的人才，应该让他继续读书。由于母亲的坚持，郝经才没有辍学。为了维持生计，父亲郝思温开设

了一家学堂，授徒讲学。而郝经则一边读书，一边承担着沉重的家务（？），在父亲的指导下，他发奋刻苦，废寝忘食。如此，过了五年。

1238年，蒙古统治者首次开设科举考试。此时，喜好诗文的郝经（？）这场考试。然而，父亲却并不同意，对他说："你学习是为了道而不是为了（？），是为了修身而非为了追求俸禄。"自此以后，郝经便将儒家性理之学作为自己（？）研究内容，并树立起了兼济天下的远大抱负。他曾自述其志说，"不学无用学，不读非圣书，不为忧患秽，不为利益拘，不务边幅事，不作章句儒"。抛开一切的空谈与虚妄，只追求思想的经世致用。这种思想，在他三十三岁时所写的《上赵经略书》中，有着明确的表述："士束发学道，期于有用，岂坐视天民腐同草木，噤不一鸣，瘗九原而已乎！"其渴望建功立业的想法跃然纸上。

成年后，郝经已有声名，豪门贵族争相聘请他去讲学。1234年，二十一岁的郝经受顺天左副元帅贾辅的邀请，到其府中执教，后又受聘于顺天军民万户张柔。这二人都为汉人世侯，家资殷实，有着大量的藏书。在这里，郝经如鱼得水，学识素养得到了迅速的提升，思想、眼界也与过去大有不同。

自古以来，传统思想观念中都有着根深蒂固的夷夏之防。夏为中心，代表着进步、文明，而四夷则为荒远偏僻，代表着落后与野蛮。然而此时，曾经代表野蛮的夷，竟然占据着国家权力的中心，实现了对先进民族的统领。这是历史的一次逆动，但也是无法改变的事实。面对着异族的统治，逃避终究不是最终解决问题的办法，读书人需要做的，就是从义理上为自己找到一条可以对自己行为进行合理解释的依据，使人们能够在思想上产生颠覆性的改变并能从心理上接受它。在这一点上，郝经做到了。他以自己深厚的学识和超越性的视野提出了石破天惊般的观点。他认为，夷夏之间的区别并不在于种族，而是在于文化，只要能行中国之道，任何民族都可以成为这个国家的管理者。而自己要做的，就是要用夏变夷，以儒家的安邦经国之道去影响较为开明的蒙古统治者，借他们之力，实现华夏文明的长盛不衰。

1252年，被授命掌管汉地的忽必烈，开始有意延揽人才。1255年，郝经受到推荐，得到忽必烈的征召。然而，这一次他并没有前往，而是作了一篇《河东罪言》来表达自己对治理国家的看法，同时也借此试探忽必烈的诚意。郝经的奏议深深地触动了忽必烈，两个月后，他被再次征召。此次，郝经不再有任何犹豫，毅然决然地奔赴这广阔的政治舞台。

见到忽必烈以后，郝经直陈时弊，为国家的发展献计献策，赢得了忽必烈的

辽金元文

待忽必烈继任大统之后，郝经的大多数建议都得到了实施。

赏识和重年，蒙古大举征宋，宪宗蒙哥亲自率领部队进攻四川，命忽必烈统东进攻鄂州。待攻下四川之后，将会顺流而下，在鄂州与忽必烈会合。对于这次贸然攻宋，郝经是不太赞同的。他认为南宋气数未尽，这样长途跋涉，劳师远征，必然得不偿失。尽管如此，皇命已出，臣子只能奉命而行。

事情的发展果然不出郝经所料，当忽必烈率领的东师行至唐、邓一带时，得知宪宗的军队在四川久攻合州不下，进退维谷。此时，郝经便又一次上书进谏，从治国之道及战略的高度深刻剖析了此番出师不利的内在原因，并提出了"三道并进"和"先荆后淮、先淮后江"的作战方略，然而可惜的是，这些后来被证实极为高明的战略思想并没有得到采纳。这年八月，忽必烈的大军已来到了长江北岸。此时，宗王末哥从合州传来不幸的消息，七月时，蒙哥

元世祖忽必烈

已战死于钓鱼城下，他希望忽必烈能够北上，掌控大局。然而，此时的忽必烈进军顺利，势如破竹，哪肯轻易班师。他认为鄂州唾手可得，便渡江包围了鄂州。让他没有料到的是，蒙军进攻了百余日，仍未撼动鄂州城。面对着这意外的形势，忽必烈也开始举棋不定，于是召集部属进行商讨。郝经借机上《班师议》，力主班师北归。他在文章中写道：

辽金元文

> 国家自平金以来，皆亢龙之师也。惟务进取，不遵养时晦，老师费财，卒无成功，三十年矣。蒙哥汗立，政当安静，以图宁谧，忽无故大举，进而不退，畀王东师，则不当亦进也而遽进。以为有命，不敢自逸，至于汝南，既闻凶讣，即当遣使遍告诸师，各以次退，修好于宋，归定大事，不当复进也而遽进。以有师期，会于江滨，遣使喻宋，息兵安民，振旅而归，不当复进也而又进。既不宜渡淮，又岂宜渡江？既不宜妄进，又岂宜攻城？若以机不可失，敌不可纵，亦既渡江，不能中止，便当乘虚取鄂，分兵四出，直造临安，疾雷不及掩耳，则宋亦可图。如其不可，

知难而退，不失为金兀术也。师不当进而进，江不当渡而渡，城不当攻而攻，当速退而不退，当速进而不进，役成迁延，盘桓江渚，情见势屈，举天下兵力不能取一城，则我竭彼盈，又何俟乎？且诸军疾疫已十四五，又延引月日，冬春之交，疫必大作，恐欲还不能。

郝经的文章，以说理、议论见长，围绕进与退，详细罗列整个进军过程中的优劣得失，理由之充分，让人信服。行文气势充沛，"如大河东注，一泻千里"，这正符合"丰蔚豪宕"的风格特点。文中对元兵目前所处的境况，可谓洞若观火，了然于胸。他对于班师退兵，并非是一时的主观臆断，而是建立在对鄂州形势认真分析的基础之上。此时的蒙古军队，长驱直入南宋疆域，远离后方。以往，蒙古军队往往会利用他们的骑兵优势，速战速决。然而在进攻鄂州的过程中，却遭受到前所未有的阻力。僵持时间越长，供给也将越发困难。与此同时，进攻四川的军队，因蒙哥的意外死亡，已不可能再施以援手，形成对鄂州的夹攻之势，这必然会使忽必烈的军队陷入无助的境地。此外，元军的两次劝降都被拒绝，这说明了南宋守城的军民同仇敌忾，具有昂扬的斗志，一时之间，很难让其屈服。最后，眼前这形势紧迫的帝位之争也让忽必烈心神不宁，在北方，忽必烈的弟弟阿里不哥已经开始行使皇帝的职权了。

以上情况的出现，再也不能让忽必烈恋战了，他听从了郝经的建议，班师北还。此后，又经过一段与阿里不哥的较量，终于将皇位牢牢地掌握在自己的手中。

辽金元文

上林天子援弓缴，穷海累臣有帛书

——郝经《与宋国丞相书》

1260年，忽必烈在开平登基，建元中统。为稳定南部边界以专心对付阿里不哥的挑战，忽必烈决定派郝经为国信使，以翰林侍读学士的身份，佩金虎符赴南宋，宣告已继大统并希望与南宋定下合约，友好相处，互不侵犯。

临行前，忽必烈设宴为郝经饯行，并咨询以国家大事。郝经不负所托，草成《便宜新政》，对蓄储、定都等多个方面都给出了自己的建议。这些建议都密切联系元朝社会的实际情况，因此，大多切实可行。在接下来的几年中，这些建议都得到实施，为忽必烈政权向传统中原封建王朝的转化起了积极作用。

郝经此行，肩负着重要的使命，但此次出使，却充满了艰辛与不测。当时元朝的中书省平章政事王文统嫉妒郝经的才华与声望，于是暗中用计，欲设计陷害于他。此时的郝经自己也患病在身，有人劝他自称有病，就可以将此次出使的任务推脱掉。然而郝经神情庄重地说："自从南北战争爆发，多少黎民百姓流离失所，沦为奴婢，多少壮士横尸荒野，这种情况已经持续太久了。我读书学道三十多年，始终没有为天下苍生做点有益的事情，如今，天下已困顿至极，纵使前方是万丈深渊，如果能因我而使得战争得到平息，使百万生灵免于涂炭，那我所学的就真的有用了。"说罢，慷慨启行。百姓闻听郝经出使议和，纷纷夹道相送。

使团出发不久，王文统便开始实施他的诡计。他派人嘱咐主管山东淮南行省的女婿李璮，秘密派兵攻打宋朝，想借宋人之手，杀掉郝经。他的这一计谋果然奏效了。宋人对元人，本不抱太多信任，如今，元人一边是休兵言和，而另一边却暗藏杀机。自此，宋人对郝经的出使就充满了怀疑。

郝经一行原本打算自涟州经楚州（今江苏淮安）入宋，但行至济南之时，李璮派人告诉郝经，他先期派往南宋通报的两个人已为宋楚州安抚所杀，如果还是按照原来的路线前进，恐怕会招来不测。郝经听罢，毫无惧色，但为了安全起

见，还是决定改道宿州五河。

　　郝经的这次出使，让王文统觉得有机可乘，而对另一个人来说，则是如芒在背、寝食难安，这个人就是南宋的宰相贾似道。贾似道原本是一个游手好闲的纨绔子弟，后来继承了父亲的官职，任嘉兴司仓。随后，他的姐姐入宫做了贵妃，深受理宗恩宠，从此，贾似道便在仕途上一路高歌猛进，顺水顺风，直至坐上了宰相的职位。贾似道为人阴险贪婪，骄横跋扈，皇帝也要让他三分。在忽必烈进攻鄂州城的时候，贾似道奉命前去救援，但慑于蒙古军队的强大攻势，不敢组织抵抗。他私下里派人与忽必烈议和，

贾似道（1213—1275年）

愿以称臣纳币为代价，乞求元军退兵。此时，蒙哥战死，鄂城久攻不下，加之皇位之争，使得忽必烈无心再战，见此情形，便答应了下来。

　　蒙军北撤，鄂城解围，贾似道隐瞒真相，上表自夸战功。昏庸无能的理宗信以为真，对贾似道大加奖赏，加封为少傅、卫国公。还朝后，贾似道更是大肆宣扬自己的功劳，恃功而骄。如今，郝经的到来，自然会一下子揭开他精心编织的谎言，这将让他无地自容、身败名裂。为了防止秘密泄露，贾似道决定将郝经秘密拘禁起来。经过长途跋涉，九月，郝经到达真州（今江苏仪真），并被安排到忠勇营住下。从此，就开始了在南宋长达十六年的拘禁生活。

辽金元文

　　初到忠勇营，贾似道对他们还算客气，时间一久，宋人的态度就发生了变化。他们随行之人每人分到了居所一间，考虑到郝经的身份，给他分了两间，其中所谓一室还是通道。郝经居住的卧室阴冷潮湿，秋天江上雾气蒸腾，让人难以张嘴，而到了夏天，则是炎日烘烤，让人终日昏昏沉沉。郝经几人就一直待在军营之中，与外界彻底断绝了往来，如池中之鱼、笼中之鸟。为了防止郝经等人逃跑，贾似道还派人在他们居住的院子外，插上了荆棘，落了锁，并派士兵昼夜巡逻。

　　斗转星移，花开花落，郝经等已被囚禁数年，饱尝失去自由的痛苦。他的部从有人已经绝望，情绪开始失控，互相残杀，已有数人丧命。寂寞孤独一次次侵

袭着郝经。他常常一个人端坐,呆呆地凝望着已经衰朽的房梁,内心充满凄楚,但坚强的信念支撑着他,使他没有倒下。

在拘禁期间,郝经曾数次上书于南宋丞相贾似道,希望他能促成南北之和。在《与宋国丞相书》中,分析当下南北形势曰:

> 窃惟方今之势,祸天下者兵,福天下者和。相君而宅人者,当如何哉? 去其所祸,就其所福,可也。夫为祸福者在于北,成祸福者在于南。且如北朝不肯休兵,夫孰能止之? 虽南朝欲休,而莫能休也。南朝欲和,而北朝不从,虽欲和而岂能和也哉? 故为之计者,北人好用兵,因其欲止而止之,鲜于和,因其欲和而和之,则乱可弭,而天下被其福也。好用兵而激之以兵,鲜于和而拒而不和,则乱无期已,而天下被其祸也。

郝经的文章,超越了一般文人的舞文弄墨、炫耀笔法,而是凭借着卓越的洞察力,仔细地分析了南北双方所处的形势和地位,得出"为祸福者在乎北,成祸福者在乎南"这样让人信服的观点。

然而,郝经的每一次上书都如同泥牛入海,杳无音讯,但他仍一次次上书诉说自己的想法。这里面有坚守使命的决心,又有对南宋君臣的义正词严和隐隐怨怼,更有自己被拘而使命不得完成的苦闷。

宋方也多次派人游说,甚至谎称蒙古内乱,以图动摇瓦解郝经的意志。但郝经却顶住了压力,始终不为所动。他对下属说:"一进入到宋国境内,生死进退,便只能听天由命了,至于屈身辱命之事,我郝经是做不出来的。我祖宗以来,七世都是读书人,我怎么能有辱中州士大夫的英名呢!"宋人见此,也便作罢。

寒来暑往,四时更迭,郝经对上书已不抱太多希望,转而著书立说,以期自己的思想能够留存于后代。羁于真州的这十几年中,他创作了《春秋外传》《原古录》《太极演》《周易外传》《变异事应》《玉衡真观》《续后汉书》等著作,为后人留下了宝贵的文化遗产。

十几年间,郝经从来都未停止过对祖国和亲人的思念。《元史·郝经传》中曾记载了这样一个传奇的故事:1274年秋,满怀乡愁的郝经抬头仰望那碧空中的雁阵,突发奇想,在丝帛上赋诗一首,系于雁足,以期北方能获得自己的讯息。

不曾想,传信的大雁果然被汴梁百姓所获,将其献于忽必烈。丝帛长二尺,宽五寸,上面写道:"霜落风高恣所如,归期回首是春初。上林天子援弓缴,穷海累臣有帛书。"落款写道:"中统十五年九月一日放雁,获者勿杀,国信大使郝经书于真州忠勇军营新馆。"并盖有印章。清代著名史学家赵翼曾评价说:"是苏武雁书之事虚,而郝经雁书之事实也。"可见郝经临大辱而守节的高尚情操。

　　1274年,忽必烈大举伐宋。1275年二月,贾似道迫于压力,才将郝经等人放还。然而不幸的是,在北上的途中,郝经不幸身染疾病。忽必烈闻讯,特派近侍、太医前来照顾。到了大都之后,皇帝又给予其厚重的嘉奖。但郝经终于一病不起,于当年七月病故,终年五十三岁。这离汴民获雁,仅仅只有四个月左右时间,但终究落叶归根。郝经在临终之前,亲自手书"天风海涛"四个大字,概括了他不同寻常的一生。元朝政府为他举行了隆重的葬礼,封他为冀国公。元仁宗时,又下诏将郝经的雁传帛书装裱成卷,藏于东阁。众人题诗赞颂,朝野间传为美谈。

鸿雁

辽金元文

铁马北来人事改，不知随水定随风

——姚燧《序江汉先生事实》

对于历史的发展，马克思曾经有一句经典名言："野蛮的征服者总是被那些他们所征服的民族的较高的文明所征服，这是一条永恒的历史规律。"建立元朝之前的蒙古族还处在原始社会时期，思想文化处于极端落后的状态。蒙古族世代居住在"青草之原"，他们的身上透露着草原民族的彪悍和野性。这种民族性格在蒙古贵族的始祖孛端察尔身上显现得较为明显。据《蒙古秘史》记载，孛端察尔受到他的兄弟们的排挤，不得已，他只好骑上一匹秃了尾巴、生着断梁疮的老马，沿着斡难河谋求生计。他过着饥一顿饱一顿的生活，为了填饱肚子，他狼口夺食，射杀那些被狼围困到绝境的野兽。实在没有办法的时候，他也会吃狼剩下的东西。到了春天，饿了，他就用豢养的黄鹰来捕捉天鹅、野鸭；渴了，则会向邻近的部落讨一点马奶喝。后来，他出其不意地袭击了一个部落，成为这个部落的首领。这也许就是早期蒙古族生活的真实写照。

到了成吉思汗这里，情况似乎并没有发生什么改变。蒙古民族虽然已经占据了具有先进农业文明的广阔土地，但他们仍然秉承着草原游牧的生活方式，对其他民族，只是一味地掠夺。铁木真冷酷残忍，有着狼一般嗜血的天性。他在小的时候，就残忍地杀害了同父异母的兄弟。一生都过着金戈铁马的生活，即使在弥留之际，也不忘嘱托自己的儿子继续征伐。成吉思汗崇尚武力，漠视文治，他以胜利者的高傲姿态，鄙夷并排斥来自于中原农耕民族的文化。正如毛泽东对他的描

辽金元文

孛儿只斤·铁木真

述:"一代天骄成吉思汗,只识弯弓射大雕。"也正是这种对中原文化的天然排斥,使得蒙古军队刚刚占领中国北方的时候,一些将领竟然产生取消农户,废除耕种,将大片农田变成牧场的荒唐想法。成吉思汗虽然已经贵为一邦之主,但他自己仍然延续着蒙古族传统的生活方式,君臣之间并无森严的等级之分,他可以将自己的马让给部下骑,也可以把自己最喜欢的正房妻子赏赐给立功的将领。可见,儒家的文化似乎并没有对蒙古族产生任何影响力。

然而,随着战争的逐步推进,逐渐扩大的领土与下辖的多民族文化,使得蒙古统治者不得不思考一下统治的策略问题。特别是在1129年窝阔台即位之后,重用了亡金儒士耶律楚材为谋士来治理中原。耶律楚材是典型的儒者,他认为"制器者必用良工,守成者必用儒臣"。在窝阔台的支持下,耶律楚材采取了一系列有利于保护和恢复中原文化的措施,其中就包括网罗学者。当蒙古军队进攻南宋之时,耶律楚材就曾派专人寻访贤能,儒者赵复就是姚枢得到的宋儒之一,也正是赵复的北上,使得宋明理学在北方得以真正传播开来。

姚燧的《序江汉先生事实》,翔实地介绍了整个过程:

> 某岁乙未,王师徇地汉上。军法:凡城邑以兵得者,悉坑之。德安由尝逆战,其斩刈首馘,动以千亿计。先公受诏:凡儒服挂浮籍者皆出之。得故江汉先生。见公戎服而髯,不以华人士子遇之。至帐中,见陈琴书,愕然曰:"回纥亦知此事耶?"公为之一莞。与之言,信奇士。即出所为文若干篇。以九族殚残,不欲北。因与公诀,但薪死。公止共宿,实羁戒之。即觉,月色惨然,惟寝衣留故所。公遽羁马,周号积尸间,无有也。行及水裔,见已披发脱履,仰天而祝。盖少须臾,蹈水未入也。公曰:"果天不生君,与众已同祸矣。其全之,则上承千百年之祀,下垂千百岁之绪者,将不在是身耶?徒死无义,可保吾而北,无他也。"至燕,名益大著。北方经学,实赖明之。油其门者将百人,多达材其间。

本文从两方面写出当时儒者的心态:一方面为求儒士,姚枢以诚相待,并不遗余力地争取;另一方面,赵复为抱知遇之恩,由抱以死节,拒绝北上转而见贤思齐,以传承儒学为己任。故事曲折生动、凄楚感人。

姚枢是姚燧的伯父,字公茂,号雪斋、敬斋。姚枢的父亲和爷爷都是金朝的官吏。幼时的他读书勤奋刻苦，天分极高，连当时的许州名士宋九嘉都对他大加赏识，说他有"佐王之略"。1232年，蒙古军攻破了许州，姚枢与儒士杨惟中一起被荐于元太宗窝阔台，受到重用。1235年，皇太子阔出统兵攻宋，姚枢受命随军出征，到汉地求访儒、道、释、医、卜、酒工、乐人等类人才。正是这次出行，发现了改变元朝文化命运的儒者——赵复。

赵复，字仁甫，德安（今湖北安陆）人，被称为江汉先生。当阔出率部攻打德安时，赵复亦在城中。按蒙军的规定，在攻城的过程中一旦受到抵抗，那么城陷之时将进行屠城。德安就

姚枢

遭受了灭顶之灾，全城男女老幼，皆不得幸免。到处是被割下的人头，其悲惨难以名状。姚枢在行军之初，就接到命令，凡登记在册的儒生，可以得到幸免。因此，赵复就成了阶下之囚。赵复初见姚枢，见其一身少数民族的打扮，并且留着长长的须髯，因此并没有觉得他是中原人士。等到了行军帐中，见帐中陈设着古琴与书籍，于是非常惊讶，说："回鹘人也懂这些么？"姚枢听罢莞尔一笑。经过交谈，姚枢发现对方才华横溢，是真正的奇士。赵复也觉得得到了赏识，于是将自己所作文章献于姚枢。

一场屠杀，让赵复的亲人悉数遇难，这让他痛不欲生。当姚枢说明来意之时，赵复坚决予以回绝。他不忍独活，只求速死。为了防止发生意外，姚枢将赵复强留于军帐之中。当天夜里，当姚枢醒来，发现赵复不见了，只有睡衣留在了床上。姚枢赶忙策马追出。在清冷的月光之下，到处都是枕藉的尸首。他大声地呼喊着，却无人回应。当他行至水边，借着月光，他突然发现赵复披头散发，仰天长叹，正一步步向水中走去。幸好姚枢来得及时，赵复的命运没有就此终止。面对着赵复，姚枢劝说道："如果老天不想让你活着，你恐怕早就和其他人一样命归黄泉了。之所以让你留下来，就是要让你传圣人之学，为后世著书立说。"

赵复于1236年来到了燕京，在出发之时，他写给好友绝句一首："寄语江南皇甫庭，此行无虑隔平生。眼前漫有千行泪，水自东流月自明。"这既是向故人道别，也是向故乡、故国告别。北上的途中，赵复又写下《锦瑟词》一首："歌珠檀

板楚王宫,半醉花间拾落红。铁马北来人事改,不知随水定随风。"表现出了对于前途把握不定的忧虑。

来到燕京以后,赵复开始授徒讲学,传播宋明理学。在这个时期,跟随他学习的达百人,这些人多是当时名士,姚枢、杨惟中、杨奂等亦在其中。随着宋明理学在北方的传播,这种小规模的收徒讲学已经不能满足现实的需要。为了扩大讲学的规模和影响力,姚枢与杨惟中创建了太极书院,赵复担任主讲。

宋明理学起源于北方,但随着北宋的灭亡,大量理学家南归,理学则在南方兴盛开来。这正是所谓的"程学兴于南,苏学兴于北"。正是赵复的北上,打破了南北文化隔绝的局面,将理学带到了北方。赵复在太极学院讲课多年,直接或间接从赵复这里接受理学思想的知名学者就有许衡、郝经、姚枢、姚燧、刘因等人,这些人后来都成了著名的理学家,使理学在元代得到了传播和发展。因此,可以毫

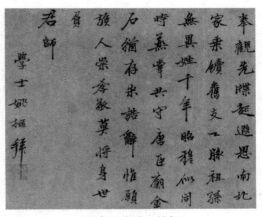

行书七言诗　姚枢

不谦逊地说,赵复可以称得上是元朝理学史上的"道北第一人"。

北宋思想家张载曾提出,知识分子的使命就是"为天地立心,为生民立命,为往圣继绝学,为万世开太平"。为了这个使命,士人们到处奔走,不畏艰辛,"知其不可而为之"。他们当中,有的人为了国家的富强、为了百姓的安宁,宁愿慷慨赴死,血洒街头;有的,不愿见梦想的破灭,用死亡去诠释生命的高洁;还有的,即便遭受了巨大的屈辱,但为了理想,也要含垢忍耻。千百年来,一代代知识分子们,就是用激情与鲜血书写着中华文化,并让它薪火相传,生生不息。

辽金元文

生世各有时，出处非偶然

——赵孟頫《送吴幼清南还序》

　　士少而学之于家，盖亦欲出而用之于国，使圣贤之泽沛然及于天下，此学者之初心。然而往往淹留偃蹇，甘心草莱岩穴之间，老死而不悔，岂不畏天命而悲人穷哉！诚退而省吾之所学，于时为有用耶？为无用耶？可行耶？不可行耶？则吾出处之计了然定于胸中矣，非苟为是栖栖也。近年以来，天子遣使者巡行江左，搜求贤才，与图治功，而侍御史程公亦在行。程公思解天子渴贤之心，得临川吴君澄与偕来。吴君博学多识，经明而行修，达时而知务，诚称是举矣。而余亦滥在举中。

　　既至京师，吴君翻然有归志，曰："吾之学无用也，迂而不可行也。"赋渊明之诗一章、朱子之诗二章而归。吴君之心，余之心也。以余之不才，去吴君何啻百倍，吴君且往，则余当何如也？吾乡有敖君善者，吾师也。曰钱选舜举，曰萧和子中，曰张复亨刚父，曰陈恁信仲，曰姚式子敬，曰陈康祖无逸，吾友也。吾处吾乡，从数子者游，放乎山水之间，而乐乎名教之中。读书弹琴足以自娱，安知造物者不吾舍也。而吾岂有用者哉！吴君行有日，谓余曰："吾将归游江浙，求子之友。"吾既书所赋诗三章，以赠行，又列吾师友之姓名，使吴君因相见而道吾情。至杭州见戴表元率初者，鄞人也；邓文原善之者，蜀人也。亦吾友也。其亦以是致吾意焉。

辽金元文

　　赵孟頫，字子昂，号松雪道人，湖州人。他是中国历史上少有的一位兼具多方面才华的文人。在绘画上，他反对南宋画风的柔媚纤巧，提倡复古，开元代文人画的先路，柯思九曾给了他至高的评价："国朝名画谁第一，只数吴兴赵翰林"；书法上，他更是才华卓著，楷书与颜真卿、柳公权、欧阳询并称"四大家"，世称"赵体";此外,他还擅长诗文,懂考据,精通音乐,在篆刻艺术、鉴定古器物上也有一定的成就。如此全才,放在中国历史上,也很少人能够企及。正是鉴于此,1987年,国际天文学会将他的名字与李白、白居易、曹雪芹、鲁迅、朱耷、李清照、蔡文姬、关汉卿、马致远等15位中国古代和现代文艺家一起,被用以命名水星上的环形山,闪烁于历史的星空当中。

赵孟頫(1254—1322年)

然而,就是这样一位有着绚烂光环的大艺术家,一生中,内心始终陷入矛盾痛苦的挣扎之中。一方面是怀有远大理想,列于三公九卿之位;另一方面却囿于自己的宋朝宗室身份,陷于舆论的谴责和内心的痛苦当中。

赵孟頫有着常人艳羡的高贵出身,然而在无常的世事面前,这既是他的幸运,又是他的不幸。他是宋太祖赵匡胤的儿子——秦王赵德芳的第十代孙,宋室南渡之后,先祖便世居吴兴。高贵的出身,给赵孟頫带来了优渥的生活、成长条件。他可以饱览大量典籍、书画精品,自小就接受着文化知识的涵养、灌溉,另外,他有机会能与当朝名士交友唱和,这也让他品味提升,眼界大开。不仅如此,他深厚的文化修养和卓越的艺术禀赋也与宋代宗室有着血脉上的联系。

宋朝自太祖始,便实行佑文政策。这种崇文的政策,不但将宋代的文化推上了历史的高峰,而且也造就了一支中国历史上极具文化素养的皇族。宋真宗饱读诗书,曾亲自为龙图阁撰制和书写文词;宋仁宗诗书皆能,风流儒雅;宋英宗酷爱读书,行似儒者。格外要提的是宋徽宗,拥有着极高的艺术禀赋和才华,是杰出的画家、书法家。除此之外,如赵构、赵元俨、赵祯、赵惟城等书画名家,不胜枚举。在这样的家族氛围熏染之下,赵孟頫自然有着极高的天赋。

受家庭的影响,赵孟頫打小就

辽金元文

· 117 ·

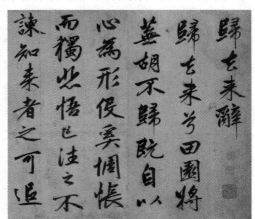

《归去来辞》(局部) 赵孟頫

喜欢读书、绘画。随着年岁的增长,其卓越的天分也渐渐显露出来。他有着超强的记忆力和领悟力,古人的诗书,只要看上两遍,便能熟记于胸。父亲对此非常欣喜,有意识地教他练字学画,五岁便送他上了家塾。赵孟頫不但聪明过人,而且勤奋刻苦。为了练习书法,他十年不下楼,废寝忘食,用功甚勤,每天练习达上万字。这样勤学苦练之下,他的书画技艺大有长进,在当时已小有名气,就连他平时练习的纸片,也成了人们争相收藏的珍品。

　　然而,天有不测风云,在赵孟頫年仅十一岁时,父亲却突然与世长辞。抚养孩子的责任便落到了母亲丘夫人的身上。为了让尚幼的赵孟頫能长大成材,她曾声泪俱下地告诫他要发愤苦读:"你自幼就没了父亲,如果在学习上不能发奋图强,那么就很难有出人头地的那一天,我这一辈子就没什么希望了。"在母亲的激励下,赵孟頫学习愈发刻苦,几年工夫读遍了家里所藏的经史子集各类书籍,诗文书画的创作都达到了一个新的层次。正是这些文化典籍的沾溉,使得赵孟頫拥有了出人头地的信心和兴邦治国、建功立业的远大抱负。十九岁时,他赴临安去参加国子监的考试,一举成功,被授予注真州司户一职。然而,他的人生理想却被贾似道的荒淫误国和蒙古的铁蹄所打破。1279年,随着南宋的灭亡,他小小的参军一职也失去了。宋朝的灭亡,让赵孟頫陷入深深的哀愁之中。祖宗的基业在这纷飞的战火当中烟消云散,自己多年来勤奋所学却无用武之地,那"用之于国,使圣贤之泽沛然及于天下"的人生理想也将化为泡影。兴亡巨变令他感到一种人生的虚无和幻灭,他无法从感情上承认新朝的统治,更不愿意与之合作。于是他决定终生隐居林泉,玩世以求摆脱内心的愁苦。他在《次韵子俊》一诗中表达了这样的想法:

辽金元文

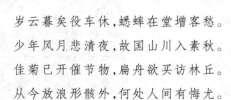

　　　　岁云暮矣役车休,蟋蟀在堂增客愁。
　　　　少年风月悲清夜,故国山川入素秋。
　　　　佳菊已开催节物,扁舟欲买访林丘。
　　　　从今放浪形骸外,何处人间有悔尤。

　　然而,隐居的生活并未让他放弃儒家的人生理想,但同时他也不愿抛却尊严而苟且出仕。岁月的流逝,让他感觉到难以言喻的苦闷。此时,又是母亲给了他精神上的鼓励:"圣朝必收江南贤能之士而用之,汝非多读书,何异以常人?"母亲的话让他不再消沉,重新开始了潜心读书的生活。

　　两宋以来,吴兴一带文化颇为发达,这里集中了一批画家文人。在读书期间,赵孟頫师从名儒敖继公学习经史,向南宋著名画家钱选学习画法。此外,他还和当地的文化名士相往来,"放乎山水之间,而乐乎名教之中"。经过这段时间的学习,赵孟頫诗文书画都大有长进。在吴兴,他已名声大振,与当时的钱选、张复亨、牟应龙、萧子中、陈无逸、陈仲信、姚式等八人被誉为"吴兴八俊"。至元二十一年(1284年),赵孟頫又与戴表元相识,当时戴表元41岁,赵孟頫31岁,皆为布衣之身。两人一见如故,谈笑甚欢,携手同游,终日而不知疲倦。从此诗文往来,互为激励,成莫逆之交。

　　诗酒唱和、弹琴自娱的隐逸生活终难束缚住一个雄心勃勃、欲展翅高飞的理想。残酷的现实让赵孟頫成为一个逸民,但他终归不愿就这样老死于林泉之间。充满抱负的心胸蠢蠢欲动,他在等待着时机的出现。

　　在治理国家的过程中,元世祖忽必烈逐渐认识到文化治国的重要性。然而,蒙古族刚刚跨入到封建社会,文化人才极度匮乏,因此,他十分重视网罗人才。早在蒙古大军兵临南宋京城临安之时,就曾下诏搜寻南宋旧臣和文人。然而那时的赵孟頫沉浸在家国沦丧的痛苦之中,已下定了做逸民的决心,并对那些侍奉新朝的文人,给予了极大的嘲讽。至元十九年(1282年),曾任江南浙西道提刑按察司事的夹谷之奇被召入京任吏部郎中,便力荐赵孟頫任翰林国史院编修官,结果,被赵孟頫委婉地拒绝了。

　　就在这一年,时任行台御史的汉人程钜夫向元世祖忽必烈奏请搜访江南遗贤被应允,并被派往南下。初下江南,他就遇到了被蒙古人抓住而送交到他面前的赵孟頫。赵孟頫表达了自己甘愿做巢父的想法,程钜夫也未勉强。此次请辞,纵然又失去了一次出仕的好机会,但赵孟頫有自己的想法。此时的元朝,尚不能得到江南人士的认同,大家对这个异族靠武力建立的朝代普遍存在着抵触甚至是反抗的情绪。尤其是之前文天祥的英勇不屈的气节,更让广大江南士子们坚定了不与新朝合作的信心。作为宋朝王室的后代以及江南文人的代表,此时出仕,必然有损自己的名节,招致众人的非议,赵孟頫对此,心里是很清楚的。此外,父亲陵墓的被盗和母亲的去世,让赵孟頫也无暇顾及这些。

　　宋亡后相当长一段时间,江南的社会矛盾仍然十分尖锐,为笼络江南汉族知识分子,缓和矛盾,稳定民心,巩固统治,点缀太平,至元二十三年(1286年),忽必烈再次命令程钜夫到江南"搜访遗逸"。十一月,程钜夫来到江南行台,带来了一份长长的名单,赵孟頫名列其首。显然,元廷想借助于他们的威望和影

辽金元文

响进一步巩固在江南的统治。赵孟頫正值壮年，既是宋室王孙，又拥有杰出的才华，其人品、节操都被人所认可，在江南遗民群体中有很高的威望和影响，所以他就成了程钜夫这次征召行动中最引人注目的人物。

时机的再次出现，不能不让赵孟頫为之心动。自己长期的奋斗，也正是为了这一天。这是自己实现人生理想的道路，也是父母的期许。最重要的是，随着岁月推移，心中的亡国之痛已渐趋平复，赵孟頫内心中对元朝的态度已经发生了重要的改变。他不再把元廷视作自己的仇敌，而是接受了其统治的事实。他在诗中曾这样表达了自己的看法："兴废本天运，辅成见人庸。舆地久以裂，车书会当同。……九域自此一，益见圣世崇。"面对着元朝皇帝在求贤中所表现的真诚，赵孟頫很难再无动于衷，他对隐逸，也有了较为理性和积极的看法。他曾借题《归去来图》，表达了自己的意见："生世各有时，出处非偶然。"认为仕隐应当根据所处的具体时代来决定，个人所处的时代不同，每个人的自身条件不同，所做的选择也当不同，不必用陶渊明的"归去来"去强求别人。内心不再纠结，赵孟頫决意走出山林，去外面广阔的天地实现自己恢宏的抱负。

然而，宗室的身份又不能不让他再次有所顾忌。作为一个具有较高声望的人物，他的这一行为，必然会让许多人心中失去依恃，产生较大的波动。果不其然，赵孟頫要出仕的这一消息一传开，就引起了轩然大波。朋友、师长纷纷前来劝说，甚至自己的族兄赵孟坚竟然将自己拒于门外，这都让他羞愧难当。此时，挚友戴表元也匆匆赶来，写了一首《招子昂歌》劝他不要出仕元朝。其言诚恳，其意真挚，无论如何都无法让赵孟頫回绝。为了不失去众多江南的好友，赵孟頫决定不再出仕，躲进了天台山之中。然而，很快他的行踪就被程钜夫打听到了，他派人将赵孟頫请到行台，盛情款待，真情相邀。赵孟頫为程钜夫的诚意所感动，思虑再三，最终还是出仕了。

经历了十余日的车马奔波，赵孟頫一行终于来到了大都，面见了元世祖忽必烈。忽必烈对赵孟頫的才华早有耳闻，见到赵孟頫的那一刻，只觉得他才气英迈，神采焕发，如珠明玉润照耀殿庭，好似神仙中人，便直接让他坐到尚书右丞相叶李之上。忽必烈对这位年轻人寄予了厚望，而赵孟頫也没有辜负皇帝对他的信任，在以后的诸项事宜当中，都表现出了杰出的才华，赢得了忽必烈的赏识。

与赵孟頫同被征召的士子当中，还有一位著名的文人吴澄。当时，吴澄与郑松一道隐于抚州布水谷，著书立说。吴澄与程钜夫为早年同学，程钜夫素知

辽金元文

他的才华,因此不辞辛苦,专程赶往抚州。来到抚州后,他命郡县官吏亲自去慰问吴澄,希望请他出山。然而吴澄再三称母亲年老,无人奉养而予以回绝。最后,程钜夫亲自去看望他,促膝谈心之后,诚挚地对他说:"诚不肯为朝廷出,中原山川之胜可无一览乎?"吴澄见好友一片诚意,便不好推辞,答应随行,权作一次北上漫游。

来到燕京之后,吴澄便与当地名士频繁往来,彼此谈经论学,倒也不虚此行。程钜夫原本答应不把他列入推荐名单,但经过仔细考虑,觉得不应该让这样的贤能之人遗失于山野,于是便向皇帝做了推荐。吴澄知道此事,以母亲年迈体衰为由,坚决请辞。尽管众人极力挽留,但终究不能动摇吴澄的决心。离京之日,众人纷纷前来为吴澄饯行,席间赋诗送别,依依难舍。见此情形,赵孟頫不胜唏嘘感慨,手书朱熹与刘子翚所和诗三章,送给吴澄以做留念。听说吴澄要归游江浙,便将众师友一一介绍给吴澄。这既是对好友的款款之情,也是其内心的一种排解和寄托。他希望也能像吴澄那样,能与昔日好友恣乐欢歌于山水间,不必忍受失节的指责和内心的愧疚,但他也知道,一旦这样,就无法"使圣贤之泽沛然及于天下"。而出仕,则让自己再也难以直视他人的目光,将背负难以承受的骂名。他的心,一直陷入犹豫彷徨之中,即使是已经决定出仕这一刻。

进入元廷的赵孟頫,凭借着自己的才华,取得了辉煌的政绩。然而,辉煌的背后,他却不得不独自一人忍受心灵的煎熬,一直到老。作为一代王孙,命运赋予了他难以承受的沉重,正像哈姆雷特一样,也许这种悲剧性,在他出生的那一刻,便已经注定。

辽金元文

《鹊华秋色图》 赵孟頫

世态尽伥鬼,吾将谁与归

——刘因《〈辋川图〉记》

　　唐朝著名诗人、画家王维曾画过一幅《辋川图》,这是王维晚年隐居辋川别业时所作。晚年的王维,雅好山水,心意淡泊,于辋川优美静谧的风光中达到了一种超脱的人生境界。让我们来看这幅画:画面群山环抱,树林掩映,亭台楼榭,古朴端庄。别业外,云水流肆,偶有舟楫过往,显得清寒、静寂、淡远而又空灵。山水之间人物点点,疑为王摩诘与好友裴迪等人兴起泛舟,诗酒往来。整个画面淡泊超尘,给人精神上的陶冶和身心上的愉悦。然而就是这样一幅文人画中的经典之作,却在几百年后的元朝受到了理学家刘因的诘难,刘因在为《辋川图》所作的文章中写道:

　　　　是图,唐、宋、金源诸画谱皆有,评识者谓惟李伯时《山庄》可以比之,盖维平生得意画也。癸酉之春,予得观之。唐史暨维集之所谓“竹馆”、“柳浪”等皆可考,其一人与之对谈,或泛舟者疑裴迪也。江山雄胜,草木润秀,使人徘徊,抚卷而忘掩,浩然有结庐终焉之想,而不知秦之非吾土也。物之移人,观者如是,而彼方以是自嬉者,固宜疲精极思而不知其劳也。

　　　　呜呼!古人之于艺也,适意玩情而已矣。若画,则非如书计、乐舞之可为修已治人之资,则又所不暇而不屑为者。魏晋以来,

辽金元文

《辋川图》(局部)　王维

虽或为之,然而如阎立本者,已知所以自耻矣。维以清才位通显,而天
下复以高人目之,彼方偃然以前身画师自居,其人品已不足道。然使
其移绘一水一石一草一木之精致,而思所以文其身,则亦不至于陷贼
而不死,苟免而不耻,其紊乱错逆如是之甚也。岂其自负者固止于此,
而不知世有大节,将处己于名臣乎?斯亦不足议者。

予特以当时朝廷之所以享盛名,而豪贵之所以虚左而迎,亲王之
所以师友而待者,则能诗能画、背主事贼之维辈也。如颜太师之守孤
城,倡大义,忠诚盖一世,遗烈振万古,则不知其作何状。其时事可知
矣。后世论者,喜言文章以气为主,又喜言境因人胜,故朱子谓维诗虽
清雅,亦萎弱少气骨;程子谓绿野堂宜为后人所存,若王维庄,虽取而
有之,可也。呜呼!人之大节一亏,百事涂地,凡可以为百世之甘棠者,
而人皆得以刍狗之。彼将以文艺高逸自名者,亦当以此自反也。

予以他日之经行,或有可以按之以考。夫俯仰间已有古今之异
者,欲如韩文公《画记》,以谱其次第之大概而未暇,姑书此于后。庶几
士大夫不以此自负,而亦不复重此,而向之所谓豪贵王公,或亦有所感
而知所趋向焉。三月望日记。

刘因虽为理学大师,但其文笔却并没有充斥着浓重的道学气息,文章逻辑
严谨,张弛有度,富有文采。既然是为画作的题记,自然要从《辋川图》本身说
起。对于王维的这幅传世之作,刘因并没有在艺术上予以贬低,他将此画与李
龙眠的《龙眠山庄图》并举,实在是对王维画作的极大赞誉。王维在绘画上有着
极高的造诣,他曾自称"宿世谬词客,前身应画师",他不但"画绝古今",而且还
开创了南宗画派。此《辋川图》为王维晚年技艺炉火纯青时所作,自然是画中妙
品。《唐朝名画录》中曾记载了这样一个传说。秦太虚卧病,好友高符仲将《辋川
图》拿给他看,并说看过此画,他的病就会好起来。秦太虚玩赏数日,就好像是
与王维共同游览辋川美景,病竟然就神奇般地好了。可见,刘因所说的"物之移
人,观者如是",的确不是虚夸之辞。

然而,刘因写此记的目的并不在于对画作本身玩赏品味,马上,他就将笔墨
转向了王维的身上。刘因认为,绘画不但不能与经、史相比,就是与书法、乐舞
相比较,也只是"适意玩情"、游戏笔墨的末技罢了。因此,他借阎立本的故事以
表达自己的态度,"魏晋以来,虽或为之,然而如阎立本者已知所以自耻矣"。阎

辽金元文

立本是唐朝著名的画家，但同时也身居显位。有一次，唐太宗与众多文学侍奉之臣泛舟于春苑，此时绿水扬波，清风拂面，好不惬意。太宗突然发现水中有一只异常美丽的鸟儿，在水中随波起伏，心中好生喜欢，赞叹不已。于是，让众人

《步辇图》　阎立本

赋诗咏之，同时也命人遣阎立本速来，将这眼前的美景描绘下来。于是，侍从大声传唤："画师阎立本。"此时的阎立本已经身为主爵郎中，接到诏命后，匆匆忙忙、满头大汗地来到了皇帝面前。然后面对着众多大臣，趴在池边，画了起来。在众人目光之下，阎立本似乎受了奇耻大辱。回来之后，他告诫自己的儿子，坚决不能再像他们的父亲一样从事绘画了。在刘因这个理学家的眼里，绘画是末技，然而王维不但乐此不疲，还以画师自居，因此他对王维的为人颇多微词。刘因何以对王维的画作如此刻薄，甚至都要殃及绘画这种艺术形式本身？待我们仔细分析，才能了解其中原委。随着行文的进一步拓展，作者自己道出了其中的原因。原来，他之所以对王维抱有如此多的成见，最根本的原因就在于王维那不光彩的失节经历，以至于让刘因推人及画，连王维的名作也一概否定了。

辽金元文

　　唐天宝十四年（755年），王维任给事中，十一月，安禄山反，安史之乱爆发。十五年六月，唐玄宗携妻带子，仓皇逃往蜀中，王维等一班大臣，没有来得及一起撤退，而陷入叛军。王维千方百计想逃出长安，他故意吃药，佯装生病，想借此逃离虎口。但这终归被识破，加强了对他的看管。随后，王维被押送至洛阳，拘管于普施寺。在这期间，王维义不降敌，通过绝食等手段进行抗争。在这里，他被囚禁了十个月之久。

　　这年八月，安禄山在凝碧池设宴，招待宣宗朝的官员数十人。席间，他命玄

宗的梨园弟子奏乐以助酒兴,然而,诸弟子都哀声啼哭,不肯演奏。安禄山的手下拔出兵刃以死相威胁,但众人仍是凄怆不已。乐工雷海清干脆将乐器掷到地上,向玄宗所在方向恸哭。安禄山见状,暴跳如雷。他命人将雷海清绑在试马殿前肢解而死。事后,裴迪去看望王维,并将此事告诉了他。王维听罢,不胜唏嘘,作《凝碧诗》一首:"万户伤心生野烟,百官何日再朝天?秋槐叶落空宫里,凝碧池头奏管弦。"诗中充满了无限的感伤,对大唐的前途忧心不已。

王维虽羁留于长安,成为安禄山"大燕王朝"的装饰品,但他一直心怀朝廷,用自己的行动捍卫着自己的节操。因此,当叛军铲除之后,朝廷并没有将他论罪处理,反而是官复原职,可见对他的信任。此外,当王维复官之后,杜甫也写了一首《奉赠王中允维》:"共传收庾信,不比得陈琳。一病缘明主,三年独此心。"将王维比作羁留北朝不忘宗国的庾信,可以说是对王维人品的极大肯定。

然而,王维的这一行为在刘因看来,却是奇耻大辱。他认为,臣子食君之禄,就应死君之难。王维任了伪职,不但苟活下来,而且还步步高升,这实在让他难以接受。与王维的屈节侍敌正相反,在刘因看来,颜真卿才是真正的高尚之人。

天宝十四年,安禄山造反,叛军一路势不可挡,所过之处,唐朝的官吏、将领纷纷逃跑或者投降,以至于唐玄宗发出这样的感叹:"河北二十四郡,难道没有一个忠臣了么!"忠臣是有的,此时,颜真卿力守平原郡,如砥柱般迎击着潮水般的敌人。他还联络各地起兵反抗,响应者十七郡。他被推选为盟主,合兵三十万,使安禄山的军队不敢急攻潼关。肃宗即位后,颜真卿被右迁为太子太师,封鲁郡公。

安史之乱后,各藩镇拥兵自重,割据一方,与此同时,唐朝政府则是分崩离析,对地方无力顾及,因此,各地藩镇叛乱迭起。公元782年,淮南节度使李希烈借受命平叛之机,联合叛军,自立为王,公然与朝廷对抗。唐德宗闻听李希烈叛乱,叫苦不迭,忙向大臣卢杞问计。卢杞

颜真卿(709—785年)

辽金元文

为人奸诈,嫉贤妒能。当时颜真卿在朝廷当中,德高望重,位高权重。这自然难以为卢杞这样的奸佞小人所容。卢杞处心积虑,心中酿出一条恶毒之计来。他

对唐德宗说,叛军气焰正炽,用武力难以平复,不如派一位德高望重的大臣前去劝降,不费一兵一卒,便可平息兵祸。德宗问何人可选,卢杞答曰颜真卿。众人皆知此去凶多吉少,纷纷劝颜真卿不要前去,但颜真卿仍慷慨赴行。来到敌营,颜真卿不畏李希烈武力威胁,直言劝降。李希烈不但不接受,反而派人对颜真卿劝降。颜真卿大怒,说道:"你们受朝廷任命,却意图谋反,我如果有兵器,就会把你们斩尽杀绝,你们竟然还来劝降于我!"李希烈见诱降不成,便进行威逼。他派人在院子中挖了一个大坑,扬言要活埋颜真卿。颜真卿毫无惧色,说:"死生有定,我如果害怕,我就不来这里了。"其后,李希烈又派部将辛景臻对颜真卿进行讥讽:"既然不降,何不自焚?"命人在院子当中升起一堆大火。让他没有想到的是,颜真卿毫不犹豫,奋身赴火。辛景臻见状,连忙阻止了他。面对着铁骨铮铮的颜真卿,李希烈毫无办法,只好将其看押起来。三年后,李希烈在兵败之前,将颜真卿缢死,其终年七十七岁。

忠诚如颜真卿,少有人知,而如王维之流,人们却趋之若鹜,对此,刘因更是怒火中烧,他将矛头指向了这恶劣的社会环境。当年王维返朝后,即被授予太子中允,转而又升任尚书右丞,朝野上下对他推崇备至,称他"朝廷左相笔,天下右丞诗"。王公贵族都对他百般追捧,虚席以迎,甚至宁王、薛王还以师友相待。而颜真卿,只是在一人苦战安禄山叛军的情况下,唐玄宗才发出慨叹:"朕不识真卿久矣!"相形之下,世态炎凉,人心可知。

王维的时代已距刘因五百多年之久,刘因为何还如此激愤,偏要翻开这早有定论的老账本呢?回头看看刘因的身世以及当时元朝的环境,恐怕就不会对刘因的这种行为心生蹊跷。其实,他只不过是借古人酒杯,浇自己的块垒罢了。

刘因的祖父辈都为金臣,虽然刘因出生之时,金朝已经灭亡,蒙古已经统治了中国的北方,但刘因仍以金人自居。刘因天资聪慧,学识渊博,早有文名,但他本人却谦虚谨慎,性不苟合,不愿轻易与人交往。当一些公卿大臣慕名拜访,他往往避而不见。性格如此,自然不愿轻易抛头露面。蒙古在统一中国的过程中,采取了极其野蛮的手段,全国上下,饱受战争之苦,中原百姓,十不遗一。统一全国后,又采取了残酷的民族压迫政策,将人分为三六九等,对汉人和南人进行残酷的压榨,这都激起了各族人民的强烈不满。此外,作为一个理学家,刘因自身所秉承的儒家信仰,使其不愿与开化未深的异族合作。陶宗仪的《南村辍耕录》中,曾记载了这样一个故事:许衡早年应忽必烈之诏赴京,途中,他专程前去拜谒了静修先生刘因。刘因对许衡的应诏十分不屑,对他说:"别人一聘你就前往,是不是太迅速了?"许衡满脸尴尬,答道:"如果不这样,那么儒家之道将不能被推行。"至元二十年(1283年),太子真金下诏,征刘因入朝,任命他为赞善大夫,可是不久,刘因就以母亲有疾无人照顾为由,辞职回家了。1291年,元朝又任命刘因为集贤学士,他又以患病在身为由,予以推脱。有的人问他,为什么多次辞去元朝的官职,他回答道:"如果不这样,那么儒家之道就得不到尊重。"正是这样的思想,使得他对那些委身于异族的文人们表示出强烈的鄙视和不满。他曾经在诗中对这样的群体进行了严厉的抨击:"多少白面郎,屈节慕身肥。奴颜与婢膝,附势同奔驰。吮痈与舐痔,百媚无不为。"(《拟古》)

《〈辋川图〉记》一文,正是刘因在当时高压的环境当中,婉转表达自己思想态度的文章。语言简洁,推理严密,为元代散文中的优秀之作。

辽金元文

丹心一片栖霞月，犹照中原万里山

——虞集《跋宋高宗亲札赐岳飞》

传说，柳永的一曲《望海潮》让雄心勃勃的海陵王完颜亮对"有三秋桂子，十里荷花"、风光旖旎、物阜民丰的江南倾心不已，于是他心生投鞭渡江之志，决心"提兵百万西湖上，跃马吴山第一峰"。公元1161年，完颜亮亲率六十万大军，南下侵宋。然而，这支似乎能投鞭断流的虎狼之师，竟然大败于采石，一代枭雄完颜亮也在混战中被部将所杀。这场实力悬殊、以弱胜强的战役，必然会在中国战史上留下浓重的一笔，而指挥这场战役的一介书生虞允文也必然会青史留名。然而，这位曾出生入死、以生命捍卫大宋江山的耿介之臣，怎么也不会想到，自己的五世孙虞集会成为灭亡宋朝的敌人——元朝的奎章阁侍书学士。

虞集，字伯生，是元朝后期的著名学者、诗人。虞集素有文名，与揭傒斯、柳贯、黄溍并称"元儒四家"。虞集生于湖南衡阳，出生之时，正逢宋末兵祸纷扰，父亲率全家避祸江西。虞集自幼聪颖，三岁即知读书，四岁时由母杨氏口授《论语》《孟子》《左传》及欧阳修、苏轼名家文章，听毕即能成诵。十四岁时师从著名理学家吴澄，专研儒学，因此，他的思想深受程朱理学的濡染。学成之后，虞集被推荐任大都路儒学教授等职，由于他学识渊博，精于义理，对教育等现实问题都能提出自己的真知灼见，因此深得仁宗信任，历仕翰林待制、奎章阁侍书学士等职。至正八年（1348年）病逝家中，追封为仁寿郡公。

虞集（1272—1348年）

1279年，随着南宋的灭亡，元朝完成了对全国的统一。当战争平息，社会经济开始慢慢恢复，元代社会也渐渐显露出治世的景象。可以说，虞集的一生，大部分时间都是在这样没有硝烟战火、相对安定的环境当中度过的。作为太平治世中的臣子、文人，虞集秉承着儒家"温柔敦厚"的美学理想，在诗文中表现出一种中正平和、雍容典雅的风格来。又由于虞集本人的声望地位，使得他的文章成为当时的典范之作。正如欧阳玄给予他的评价："公之临文，随事酬酢，造次天成，初无一毫尚人之心，亦无拘拘然步趋古人之意，机用自熟，境趣自生，左右逢源，各识其职。"

然而，正是这样一位风格雅训的文人，竟毫无避讳，公然于元朝统治者睽睽目光之下，写出了《跋宋高宗亲札赐岳飞》这样歌颂南宋抗金将领的文章，其行止的确让人感到胆魄非凡。

> 大元故翰林承旨魏国公谥文敏赵公孟頫怀古之诗曰："南渡君臣轻社稷，中原父老望旌旗"，集承乏国史，尝读其诗而悲之。以为当时遗臣志士区区海隅，犹不忘其君父，何敢有轻之之心也哉？今见思陵赐岳飞亲札，则其奏功郾城时所被受者。观亲札，所谓杨沂中、刘琦立功之事，则绍兴十年七月也。是时桧方定和议，而飞锐然以恢复自任，所向有功。飞之裨将杨再兴，则邦乂之子也。单骑入阵，几殪兀术，身被数十创，犹杀数十人而还，一时声势可知矣。是以郾城之役，恢复之业系焉。飞之师乘势薄朱仙镇，与兀术战，破汴在顷刻。而桧亟罢兵，诏飞赴行在。而沂中、刘充世锜皆以其兵南归，自是不复出师。明年十二月，桧遂杀飞父子，而兀术无复忧色。洪皓区区蜡书虽至，而中原无复余望矣。乃知文敏之诗其为斯时而发也欤？

辽金元文

此文为怀古之作，讲述岳飞在获得郾城大捷等巨大胜利之后，锐意北伐却遭受百般阻挠，最终惨遭杀害的故事。

靖康之难后，康王赵构在江南做了皇帝，这就是宋高宗。然而这位宋高宗，被西湖的暖风吹得沉沉欲醉，只想偏居江南一隅，再也不

岳母刺字

愿兴兵北伐。绍兴九年（1139年）正月，宋金双方在秦桧与完颜昌的主持下，达成了议和，南宋向金称臣。然而，盟约墨迹未干，金主战派首领完颜兀术铲除了主和派，掌握了大权，遂于十年五月，再次兴兵南下。金军铁骑势如破竹，迅速占领了河南、陕西之地，紧接着又向淮南进军。宋高宗顿时慌了阵脚，连忙命岳飞率军北上抗金。没有想到的是，当金军行至顺昌府（今安徽阜阳）时，宋将刘锜利用炎热的气候，以逸待劳，打败金兵，遏制住了金军南侵的势头。赵构见获得了胜利，自以为在与金的谈判中有了筹码，便想与金求和。于是下达命令，让岳飞不可轻动，适时班师回朝。岳飞积蓄已久，正待时机收复北方，见此命令，他决然不从。绍兴十年，岳飞联合各路人马，开始北伐，欲恢复疆土，直捣黄龙。

岳家军在不到一个月的时间里，高歌猛进，迅速击溃了中原地区的各路金兵，扫清了汴梁外围的各处障碍，对盘踞于汴梁的金军主力形成了夹击的态势。六月底，岳家军的前锋已经突入到开封附近的中牟县，直接威胁开封。然而，由于北伐的节节胜利，岳家军要分兵各处进行防守，因此，兵力大大分散。同时，由于其他各路人马并没有予以积极的配合，也使得岳家军孤军深入，形势堪忧。于是，岳飞决定先集中兵力，再进攻。然而，金军主帅完颜兀术也看到了岳飞所处的形势，于是，待岳家军尚未集结完毕，便率军进攻。于是，历史上著名的郾城大战就爆发了。

七月八日，兀术率一万五千骑兵，气势汹汹地朝郾城扑来，除此之外，十几万后续部队也陆续赶来。而此时的岳飞，麾下只有背嵬军和一部分游奕军，共计一万多人，这将是一场以寡击众的恶战。岳飞神色严峻，命令儿子岳云率骑兵精锐，出城迎击。两军接战，黄沙蔽日，杀声震天。岳家军士气旺盛，击败了金兵一次又一次的进攻。岳家军大将杨再兴是抗金名将杨邦乂之子，骁勇善战，在两军鏖战之时，他单骑突入敌阵，斩杀数十人，差点生擒完颜兀术。

鏖战正酣，岳飞也亲率兵马，加入战斗。士兵见主帅亲临战场，士气更加振奋。金军善于运用轻骑兵"拐子马"进行两翼游击，岳飞便指挥骑兵灵活应对。见此方法不奏效，金军便派出重装骑兵"铁浮图"冲击岳军。岳飞当即命令步兵出击，手持大斧、提刀，专砍金军马蹄。马蹄被砍，金军大乱。岳家军乘机搏杀，金军大溃，狼狈而逃。郾城之战，终以宋军的胜利而告终。

辽金元文

郾城大捷

兀术在郾城损兵折将，怎肯罢休，不久，他又率大军占领了郾城与颍昌之间的临颍县，想要切断岳飞与部将王贵之间的联系。岳飞调集各路兵马，与完颜宗弼大战于颍昌。经过浴血战斗，兀术大败，岳家军取得了大捷。

遭受重创的金军逃回开封，岳家军则全线出击，对开封进行了合围。此时，金军在一系列的挫败之下，士气低落。而宋军则士气高涨，愈战愈勇。七月十八日，岳军诸部与金军于途中遭遇，结果金军数千人瞬间被击溃，尸横遍野。此时金军主力驻扎在朱仙镇，虽十余万人，但已如惊弓之鸟，当背嵬五百精兵到达之时，便作鸟兽散，逃往汴京。当北伐形势一片大好之时，不料宋高宗一心要与金朝讲和，便一日之内发出十二道金牌诏岳飞还朝。汴京已近在咫尺，但君命难违，无奈之下，岳飞只得鸣金收兵。南宋收复疆土、一雪靖康之耻的理想就此也化为了泡影。

辽金元文

岳飞被召回之后，被任命为枢密副使，名为升迁，实际上是为了剥夺他的兵权。1241年十一月，金朝派出使者来到临安，与宋签订了"绍兴和议"。南宋仍向金俯首称臣，割地赔款。受此大辱，岳飞极力反对。随后，秦桧便罗织罪名，将岳飞弹劾罢官，并打入大狱。在1242年一月，以"莫须有"的罪名，将岳飞杀害于风波亭。而此时，出使金朝而被扣留的使者洪皓，立即遣人携蜡封密信与宋廷，信中写道："让金人敬畏的只有岳飞了，他们甚至会把他当作父亲一样称呼。当闻之岳飞死讯，金国诸将领纷纷设宴饮酒，以示庆贺。"

岳飞的死，是南宋的悲剧，不论秦桧如何受到后人唾弃，历史终究无法重演，留给后人的，只能是深深的遗憾。作为宋朝皇室的成员，赵孟頫以诗怀古，痛斥南宋君臣的昏庸。而虞集,作为曾经的宋朝子民,也在文章中流露出了愤慨和遗憾。岳飞抗金,是为了抵御外族的入侵,而同为异族的元朝,却是大宋江山的颠覆者。在这里,我们不禁要问,在民族矛盾异常尖锐的情况下,作为元朝重臣的虞集,为何敢公然推许反抗外来侵略的民族英雄——岳飞?

任何一个王朝,在稳固统治之后,都希望自己能够得到道义上的认同,希望能得到士民的支持和拥护。因此,程朱理学所宣扬的纲常伦理,便成为他们维护统治的不二之选。元朝统治者们深深明白这一点,于是,理学变成了官学,得到了大力提倡。对于忠君爱国的行为,不管是敌是友,都能得到大力的弘扬,岳飞便是典型的例子。虽改朝换代,但元朝并没有对这位南宋的民族英雄予以诋毁,反而给予岳飞以封谥,并对杭州岳庙及岳飞墓予以修缮。朝野上下,都把岳飞当作忠臣烈士加以推崇。士子文人们也纷纷写诗,来纪念这位精忠报国的义士。如宋无就在《岳武穆王》一诗中写道:"克复神州指掌间,永昌陵侧诏师还。丹心一片栖霞月,犹照中原万里山。"

还我河山

元代对理学的提倡,深深地影响了元代士人们的人生信仰,不断强化着他们的伦理道德和忠君思想。所以,当元朝末期,政权处于风雨飘摇之中时,多少士人竭忠尽智,死而无悔,坚守着士子的节操。真定赵弘毅,曾经师从于理学家吴澄,当大明官兵进入京城之时,他说道:"忠臣不侍二君,烈女不嫁二夫,这是古语。如今我不能挽救社稷,只有以死报国。"于是,与妻子解氏一同自缢。徽州儒生郑玉,明兵进入徽州之时,徽州守将要把他送与明廷。郑玉说道:"我岂能事二姓?"准备以死殉国。他的妻子对他说:"如果你死了,我也将跟随你到九泉之中。"于是夫妻二人向北再拜,自缢而死。如此,光进士殉国者,就有四十多人。可见,元朝国祚虽短,但仍不乏忠义之士。

人活着,总是需要一点精神的,这对个人,对国家,似乎都是一条颠之不破的真理。

人生自古谁无死，留取丹心照汗青

——揭傒斯《书王鼎翁文集后序》

揭傒斯，字曼硕，元代著名文学家、史学家，与虞集、杨载、范梈同为"元诗四大家"，又与虞集、柳贯、黄溍并称"儒林四杰"。

揭傒斯从小聪慧过人，在父亲的指导下，他勤奋读书，涉猎百家，十五六岁，便已文采出众，在当地小有名气。俗话说"读万卷书，行万里路"，大德年间，青年揭傒斯便开始了在湖南、湖北一带的游学生活。在这里，他遇见了当时在湖南做官的赵淇。这位以"知人"自诩的名士见揭傒斯才思敏捷、气宇非凡，便说道："此人将来必定会成为文坛上的名士啊！"曾相继担任湖北道肃政廉访使的程钜夫和卢挚对揭傒斯都非常器重，便

揭傒斯（1274—1344年）

辽金元文

向朝廷推荐使用。当时负责国史馆的李孟见到揭傒斯撰写的《功臣传》时，抚卷赞叹道："这才是真正的传啊，其他人所写的，不过是誊抄史官的笔录罢了。"自此，揭傒斯声名大振。皇庆年间，揭傒斯随程钜夫进京。出于对揭傒斯的欣赏，程钜夫将自己的堂妹嫁给了他。延祐元年（1314年），揭傒斯被授以国史院编修一职，此后又入翰林，官至侍讲学士。等到元朝开设了奎章阁，他又成为首任授经郎。

揭傒斯诗文俱佳，但却有着不同的风格。他的诗歌清新秀丽，被虞集称为"三日新妇"。这"三日新妇"虽然让揭傒斯很不高兴，不愿接受，但的确也恰到好处地道出了揭诗的风格特点。他的文章则正好相反，充满了浓郁的伦理道德色彩。揭傒斯认为，作文就要遵循儒家"温柔敦厚之教"，要弘扬孔孟之道。因

此，每当有忠臣烈妇之事，他便会属文加以弘扬。因此，揭傒斯有多篇文章都是为他人所写的碑铭、墓志。这篇序言，便是在读罢王炎午所作《生祭文丞相文》后，为王炎午文集所作的后序。

> 余旧闻宋太学生庐陵王鼎翁作《生祭文丞相文》，每叹曰：士生于世，不幸当国家破亡之时，欲为一死而无可死之地，又作为文章以望其友为万世立纲常，其志亦可悲矣。然当是时，文丞相兴师勤王，非不知大命已去，天下已不可为，废数十万生灵为无益，诚不忍坐视君父之灭亡而不救，其死国之志固已素定，必不待王鼎翁之文而后死。使文丞相不死，虽百王鼎翁未如之何，况一王鼎翁耶！且其文见不见未可知，而大丈夫从容就义之念，亦有众人所不能识者。
>
> 近从其邑人刘省吾得《王鼎翁集》，始见所谓《生祭文丞相文》。既历陈其可死之义，又反复古今所以死节之道，激昂奋发，累千五百余言，大意在速文丞相死国。使文丞相志不素定，一读其文，稍无苟活之心，不即伏剑，必自经于沟渎，岂能间关颠沛至于见执，又坐燕狱数年，百计屈之而不可，然后就刑都市，使天下之人共睹于青天白日之下，曰杀宋忠臣，文丞相何其从容若此哉！故文丞相必死国，必不系王鼎翁之文，其文见不见又不可知，而鼎翁之志则甚可悲矣。即鼎翁居文丞相之地，亦岂肯低首下心，含垢忍耻，立他人之朝廷乎？
>
> 鼎翁德之粹、学之正、才之雄、诗文之奇古，则刘会孟先生言之备矣，兹不复论，独论文丞相之心与鼎翁之志云尔。

辽金元文

此文虽为序言，但由于已有刘辰翁所作序言在先，揭傒斯便转而借王鼎翁生祭文天祥一事，对文、王二人的操守予以了评价。行文中，揭傒斯对生祭之事并没有详细陈说，而是阐释自己对这件事情的看法，在歌颂了文天祥的浩然正气之时，也同时对王鼎翁的精神予以了赞誉。

咸淳十年（1274年）七月，度宗病死。贾似道将年仅四岁的赵㬎扶上了帝位，这就是宋恭帝。这年九月，二十万蒙古铁骑由丞相伯颜统领，向南宋袭来。大军所过之处，南宋军队纷纷溃败。南宋王朝岌岌可危，有如一只风雨飘摇中的破船，随时有覆没的危险。此时，理宗的妻子谢道清下了一道《哀痛诏》，希望各地文臣武将、豪杰义士，急王室之所急，同仇敌忾，共赴国难。文天祥接到南宋小朝廷的诏书，悲恸不已，立即发布榜文，征召义士，起兵勤王。文天祥自己捐献出了全部家资，以充军饷，并将老母亲托付于弟弟赡养。在文天祥的感召下，众人纷纷响应，不久就组织起了吉赣等地上万人的义军队伍，准备抵抗南下的元军。文天祥的朋友对他说："如今元军三路来袭，已攻破京郊，兵锋直逼内地，你以你这一万余乌合之众与之抗衡，与驱赶羊群与猛虎搏斗有什么区别呢？"文天祥答道："这个我也很明白，但是国家养育了我们多年，一旦有难，我们不能等闲视之。我自知势单力薄，但如能以身殉国，相信天下之士也会闻风而起，到那时，江山社稷便有希望了。"随即，他便率师离开吉州，北上抗元。

在文天祥的众多幕僚谋士当中，有一位太学上舍生，名曰王炎午。此人义薄云天，涌动着一腔爱国的热血。在父亲去世后，他便变卖了所有家产，只身前来拜见文天祥，加入了义军的队伍，成为文天祥的重要谋士。文天祥对王炎午的才干也非常称许，对于他的加入，文天祥非常高兴，称："军中得一小范矣。"小范即范仲淹，将炎午与之相比，可见对他的器重程度。然而，由于父亲去世，尚未下葬，母亲病笃，危在旦夕，王炎午不能随军北征，只好请求归养。文天祥也能理解一个做儿子的孝心，便恋恋不舍地送他离开。

此后，文天祥率军到达临安，但由于此时的南宋已无力与强大的蒙古军队抗衡，在多次战斗中，皆遭败绩。1276年，元军已将临安围困，文天祥奉命出城与元军交涉，却被伯颜扣留。南宋小朝廷见大势已去，便出城投降了。被拘的文天祥，不肯屈节投降，寻机逃了出来，继续在南方抗击元军。1278年十二月二十日，南宋抗元统帅文天祥

文天祥像

辽金元文

不幸在五坡岭被一支偷袭的蒙古铁骑俘获。他吞下二两龙脑自杀守节，但药力失效，未能殉国。俘获文天祥让忽必烈大为高兴，他派人对文天祥多方劝说，劝他投降，但文天祥大义凛然，不为所动，对劝降者只是施之冷笑。无奈之下，决定将其押赴大都。

文天祥被押送大都的消息传出后,让南方士人惊恐不已。因为他们知道,大多数南宋臣子送到大都之后,都经不起利禄的诱惑和酷刑的考验而变节。作为南方精神领袖的文天祥一旦意志不坚定,投降元朝,这对现存的抗元力量无疑是一次毁灭性的打击。此时,想再次将文丞相营救出来,已不可能,剩下的,只有让他速死,才能保留他的名节,坚定抗元志士的信心。此时的王炎午,虽不在义军之中,但一直关心着形势的进展。现在事已至此,他痛心不已,挥泪写下一篇一千八百余字的《生祭文丞相文》,陈说大义,摆明利害,其目的直言不讳,就是要文天祥速死。写完之后,他还将此文抄写上百份,沿文天祥北上之路一路粘贴,驿站、码头、旅馆,凡所到之处,随处可见。王炎午还害怕文天祥看不清楚,特意将字体放大如手掌般大小,可谓用心良苦。

王炎午本打算当面对文天祥宣读祭辞,但由于元军把守严密,没有实现。于是,他就在文天祥经过赣州之时,在赣州码头设置了祭坛,焚香烧纸,恸哭抢地。随后,他又尾随押解队伍到了南昌码头,重演了之前拜祭的一幕。但可惜的是,他始终没有见到文天祥的面。

如此强大的攻势,不会让文天祥有任何的贪生之念,死也得死,不死也得死。文天祥死意已决,在押往大都的途中,他曾两次自杀未遂,绝食八日,竟也未死。王炎午此篇祭文是否被文天祥发现,到底对文天祥起到了多大的影响,我们已不得而知。但我们可以断定的是,一篇祭文绝对不是主导文天祥生死的根本原因。正如揭傒斯在文中所分析:"其死国之志固已素定,必不待王鼎翁之文而后死。使文丞相不死,虽百王鼎翁未如之何,况一王鼎翁耶!"的确,自起兵勤王起,文天祥就已经抱有必死之决心。民族大义、忠君爱国之信念让他不忍偷生,这绝不仅仅是出于对皇帝的忠诚。倘若不是如此,那么在皇帝已经降元的情况下,他就不会再继续扛起抗元的大旗,抗争到底了。

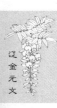

辽金元文

文天祥没有死,或者说没有死成,他被押送到了元大都。在被杀害之前的三年当中,他经受住了各种威逼利诱,即便忽必烈本人亲自劝降,并许诺宰相一职,也并没有让他有任何动摇。他在狱中写下了名扬千古的《正气歌》:"人生自古谁无死,留取丹心照汗青。"浩然正气,充塞于天地之间。

至元十九年(1282年)腊月初九,文天祥从容就义。当消息传来,王炎午痛哭流涕,伤心不已。为了悼念这曾经的师友,他再作《望祭文丞相文》。在文中,他赞许文天祥"生为名臣,没为列星",他的死使"日月韬光,山河改色"。王炎午是痛苦矛盾的,为全文天祥之名节,他希望文天祥以死殉国,立万世纲常之表;

然而作为自己的朋友、从小就倾心仰慕的长者,文天祥的死又给王炎午带来不尽的悲痛。然而,这两种看似矛盾的行为,都是为了民族之大义,祭奠文天祥,同时也是王鼎翁表露自己不屈之决心。难怪揭傒斯会说,假使王鼎翁换到了文天祥的位置,他也会慷慨赴难、视死如归的。

文天祥死后,王鼎翁退处山林,以诗酒自娱,无意于世间之事。元朝政府几次寻他做官,都被他拒绝了。他闭门著书立说,终身不仕,也成全了自己的名节。

文天祥与王炎午是幸运的,他们的行为诠释着儒士的操守,被万世所传扬、称颂;他们又是不幸的,在这样民族危亡的时刻,他们的命运已在这强大的舆论压力之下,不能为自己所掌握,他们只能被绑缚于道德的战车之上,义无反顾,不可回头。但愿历史不会让这样的悲剧重演,让这生祭之文,永远存留于历史的长河之中。

《留取丹心照汗青》 王西京

辽金元文

亘古及今，自有不死之鬼在

——钟嗣成《〈录鬼簿〉序》

　　一代有一代之文学，唐有诗，宋有词，到了元代则戏曲繁兴。元曲包括散曲和杂剧两部分，特别是杂剧，代表了元代文学的最高成就。千百年来，诗、文是文学创作的正统形式，而戏曲则被视为难登大雅之堂的俗文学。它之所以能在元代异军突起，是多方面因素作用的结果。

　　元统一全国之后，南北得到了沟通，都市经济得到了极大的发展，因此造就了庞大的市民群体。他们有着自己的精神需求，因此，戏曲等通俗文艺样式得以在城市中迅速传播、发展。来自草原的蒙元统治者，有着同草原一样的宽广和豪放，反而对忠君、孝悌等传统的儒家价值观念反应淡漠。因此，伴随着思想的开放，"文以载道"这种传统的文学观念地位动摇，诗、文走向没落，而小说、戏曲等通俗艺术则迎合了大众的审美品位，大行其道。此外，统治者的支持，也起到了推波助澜的作用。蒙古族也是一个能歌善舞的民族，秉承着民族血统中的这一天然文化基因，他们对元杂剧不但不限制，反而还予以大力支持。据《元史》记载，元代时曾将管理"乐人"的教坊司提升到正三品。正是由于元蒙统治者的这种有力的提倡，明清才有元朝"以曲取士"的传说。除了上述原因，拥有一个庞大的杂剧作家群体，是元杂剧得以兴盛与发展的重要原因。

　　元代的科举制度在元朝初年很长一段时间内都被废止，通过寒窗苦读，以期一跃龙门的知识分子们顿时没有了出路，他们穷困潦倒，社会地位一落千丈。面对着多舛的命运，这些知识分子们有的远尘世以保名节，有的则以文章为戏玩，"嘲风弄月"，流连于娼楼妓馆、勾栏瓦肆之间。与那些荣登高位、依附于统治阶级的文人相比，这些人满腹经纶，却抑郁不得伸展，胸中充满愁苦，但他们却力图保存士子的名节，不肯屈身侍于异族。于是，在他们的心中，充满了痛苦的挣扎，而这种痛苦，则通过他们高妙的笔法，借助身边市井百姓所熟悉的样式，彻底地宣泄了出来。在长期的市井生活中，他们逐渐对市井文化产生了认同,进而与民间艺人合作,为他们创作剧本,甚至面傅粉墨,亲自登场。杂剧产生于民间,产生之初,较为粗劣,有了这样一群有着高度文化素养的文人参与,元杂剧得到了迅速繁荣。

元代的杂剧作家,是元代杂剧繁荣的铸就者。然而,他们的地位,并没有因杂剧的成功而得到提升,相反,与倡优为伍,更为正统思想所贬低,因此,这些曾经轰轰烈烈,创造一个时代辉煌的作家们,也有可能如贩夫走卒一般,淹没于历史长河之中。而钟嗣

元杂剧壁画

成的《录鬼簿》,则冲破了传统思想的束缚,为他们一一立传,使他们的形象,直到今天,仍能鲜活地展示在我们的面前。他在序言中,以诙谐并充满挑战的语气,为杂剧作家们正名:

贤愚寿夭,死生祸福之理,固兼乎气数而言,圣贤未尝不论也。盖阴阳之屈伸,即人鬼之生死。人而知夫生死之道,顺受其正,又岂有岩墙、桎梏之厄哉?虽然,人之生斯世也,但知以已死者为鬼,而不知未死者亦鬼也。酒罂饭囊、或醉或梦、块然泥土者,则其人虽生,与已死之鬼何异?此曹固未暇论也。其或稍知义理,口发善言,而于学问之道,甘于暴弃,临终之后,漠然无闻,则又不若块然之鬼为愈也。

余尝见未死之鬼,吊已死之鬼,未之思也,特一间耳。独不知天地开辟,亘古及今,自有不死之鬼在,何则?圣贤之君臣,忠孝之士子,小善大功,著在方册者,日月炳焕,山川流峙,及乎千万劫无穷已,是则虽鬼而不鬼者也。今因暇日,缅怀故人,门第卑微,职位不振,高才博识,俱有可录。岁月弥久,湮没无闻,遂传其本末,吊以乐章。复以前乎此者,叙其姓名,述其所作,冀乎初学之士,刻意词章,使冰寒于水,青胜于蓝,则亦幸矣。名之曰《录鬼簿》。

嗟乎!余亦鬼也。使已死未死之鬼,作不死之鬼,得以传远,余又何幸焉?若夫高尚之士、性理之学,以为得罪于圣门者。吾党且唉蛤

蜮,别与知味者道。

至顺元年,龙集庚午月建甲申二十二日辛未,古汴锺嗣成序。

《录鬼簿》记载了比锺嗣成早一辈的戏曲家和与他同辈或稍早的作家共一百五十一位,并给他们正名立传。文章开篇便先论生死,但所论生死之观,圣贤也未尝不曾谈论过,作者自然不会落入俗套,他想要阐释的,自然是惊世骇俗之论:人生在世,只知已经死去的人是鬼,却不知没有死的某些人也是鬼。何以见得?世间之鬼分为两类:一类是酒囊饭袋,醉生梦死,像地上的泥土,无知无觉,这样的人,虽然活着,但跟死又有什么区别?但作者想说的,并非

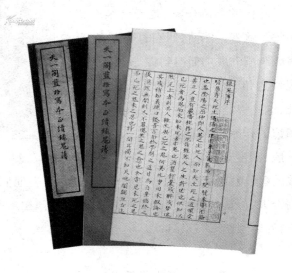

《录鬼簿》

这一类人,他想说的是另一类人。他们读了一点圣贤之书,就自以为深谙儒学的义理,不思进取,死了以后,便也默默无闻,这种人,却连糊涂鬼也不如呢!他们要去凭吊那些已死之鬼,其实他们之间,仅仅有一点点差别。这些人不知道的是,自古及今,有一种不死之鬼。之所以不死,是因为能够青史留名,即便肉身不存,但也能被后世所铭记。这时,锺嗣成才正式提出他著《录鬼簿》的真正目的,就是要让这些地位卑微但却才华横溢的杂剧作家们史册留名,与天地共存。他们是关汉卿、郑光祖、马致远、白朴……在锺嗣成的眼中,这些浪迹于勾栏瓦肆之间的剧作家与民间艺人,身上闪烁着别样的光芒,可以与那些古代圣贤相提并论。这是一篇挑战儒家正统观念的战斗檄文,字里行间激荡着作者肯定杂剧家们巨大成绩的热情,表现出与维护封建社会道德教条的理学家们相悖逆的思想倾向。

元代后期,是我国历史上一段极其黑暗的时期,元杂剧的辉煌时期已逐渐过去,那些杰出的剧作家们,也日渐凋零。锺嗣成以强烈的历史使命感,为这段历史,记下重重的一笔。面对着可能来自于正统观念的质疑,锺嗣成一句"吾党

辽金元文

且啖蛤蜊，别与知味者道"，足可以拒敌于千里之外。吃蛤蜊的典故来自于《南史·王融传》的记载。王融才华横溢，有青云之志，年纪轻轻，便已誉满朝野。一天，他要去拜访王僧祐，在宴席上，与沈昭略相遇。沈昭略与王融从来没有见过，于是多次回头看他，问主人："这个少年是谁？"王融自诩才高，得知对方不认识自己，心中很是恼火，便说："我像太阳一样，东升西落，照耀天下，世间哪一个不知道？而你竟然这样问！"昭略听罢，不以为然，说道："我不知道那些事，还是吃蛤蜊吧。""不知许事，且食蛤蜊"，这是多么强硬的措辞！而他的这份强硬，正来自于他对元代剧作家群体的认可与赞许，还有那对所谓圣贤们的轻蔑与不屑。

在《录鬼簿》一书中，钟嗣成将关汉卿列于第一位，对此，元代的朱权认为这只是因为关汉卿创作戏剧较早罢了。事实并非如此简单，朱权这样想，只是这位藩王在内心深处对底层文人有意无意地贬低罢了。这种安排，并非简单的时间排序，而是有意为之，是缘于钟嗣成对关汉卿的推重。

关汉卿，号已斋叟，元大都人。他的先祖应为金朝太医院的医生，因此他出身医户。元朝初期废除了科举，断绝了文人仕进的道路。正直而又有骨气的关汉卿不愿向统治者低眉顺眼，于是进入市井坊间，成为一名底层的书会文人。关汉卿多才多艺，吹拉弹唱、围棋蹴鞠，样样精通，但最让他痴迷的还是戏剧。他在《南吕·一枝花·不伏老》中说道："你便是落了我牙、歪了我口、瘸了我腿、折了我手，……那其间才不向烟花路儿上走！"可见，戏剧就是他的生命。

关汉卿

生活于市井之中，关汉卿与底层的杂剧艺人们有着密切的来往，如赛时秀、燕山秀、珠帘秀等伶优，都是他的好友。在那个艺人饱受歧视的时代，关汉卿不但不回避，反而以此为豪，他声称："我是个普天下郎君领袖，盖世界浪子班头。"骄傲之情，溢于言表。关汉卿用他手中的笔，反映着底层百姓的辛酸苦辣、悲欢离合。有时兴起之时，他也会面施粉墨，亲自登场。正是有了这样的生活经验，才能让他创作出《救风尘》《金线池》《谢天香》等优秀剧作。

关汉卿是为底层百姓说话的，他的剧作，弥漫着强烈的反抗精神：批判社会的不公，揭露统治的黑暗，反映百姓的心声。在他的戏剧当中，塑造了社会中各色各样的人物形象，让人感觉到真实亲切、丰满生动。源于现实的真情实感，加上"躬践排场"的表演经验，使得关汉卿的戏剧具有独特的艺术魅力，深受百姓的喜欢，是真正意义上的当行本色。正是鉴于此，明初的贾仲明在为关汉卿写的悼词中称他为："驱梨园领袖，总编修师首，捻杂剧班头。"清代王国维则给了他更为高的评价："一空依傍，自铸伟词，而其言曲尽人情，字字本色，故当为元人第一。"

钟嗣成是睿智的，历史正如他所期许，如大浪淘沙般，涤尽了糟粕，留下了精华。关汉卿、马致远等作家，连同他们的作品，一直流传至今，成为一代文学的标志，如璀璨的明星，闪耀于中国文学的史册之上。

道无形兮兆无声,妙无心兮一以贞

——杨维桢《煮茶梦记》

　　喝茶算是中国人的又一大发明。山野村夫爱茶,于饥渴困顿之时,端起茶杯,几大口茶水入腹,每个毛孔都舒爽开张;文人雅士饮茶,不光满足口腹之欲,更是体味一份平淡、一份清雅。风清月明之时,沏一杯清茶,于淡淡的苦味中去慢慢品味人生的味道。周作人对饮茶颇有心得,他说:"喝茶当于瓦屋纸窗下,清泉绿茶,用素雅的陶瓷茶具,同二三人共饮,得半日之闲,可抵十年的尘梦。"因此,茶不仅仅留香于国人的唇齿之间,更是渗入了中国人的骨髓当中、心灵深处。

　　晋代王濛喜欢饮茶,不但自己喝,还要拉上到访的客人一起喝,以至于一提到要到王濛家去,大家都心存恐惧,戏称"今天又要遭水灾了"。唐代大诗人白居易曾栖居于庐山香炉之下,每日种茶、采茶,怡然自乐。宋代的陆游,更是嗜茶成癖,在严冬之夜,他也要强撑病体,汲水煮茗。文人爱茶,爱其清苦芬

《陆羽烹茶图》 赵原

芳,一杯入肠,清心涤性,臻至物我两忘。在品味之余,他们还不忘将感受形诸笔端,于是自古以来,咏茶之诗文歌赋,不绝于耳。陆羽一生嗜茶如命,他如闲云野鹤,走遍名山大川,品遍天下名茶,将一部《茶经》留到人间。唐代的卢仝作《七碗茶歌》,对茶做了非常形象的描述:"一碗喉吻润,二碗破孤闷,三碗搜枯肠,惟有文字五千卷。四碗发轻汗,平生不平事,尽向毛孔散。五碗肌骨清,六

碗通仙灵。七碗吃不得也,唯觉两腋习习清风生。"宋朝苏轼好茶,作《叶嘉传》,竟将其人格化,为其立传,借以表达自己的耿耿忠心。等到了元朝杨维桢这,似乎情况又发生了改变,同样爱茶,但并不如苏轼般积极入世,而是在这茗气升腾中,寻求一份隐士的安逸。他的这篇《煮茶梦记》以其清新飘逸、高雅脱俗而成为元代咏茶诗文中的典范。

相传,一日杨维桢读书至夜里二更,窗前月光微明,一枝梅影在窗棂之上摇曳不止。他茶兴勃发,唤来书童小芸,从山后汲来白莲泉水,燃起湘竹。他取出珍藏好茶——凌霄芽,让小芸烹煮,自己则在一旁微闭双眼,静坐心沉,神游太虚。

随着炉温的升高,壶中泉水渐渐泛出滋滋声响,这声音在道人耳中则犹如仙乐,恍惚之中,已入梦乡。梦中,他坐于清真银晖之堂,

《煮茶图》 傅抱石

这里有垂地的香云廉,精巧的紫桂榻,流金溢彩,烟霞缭绕。如此仙境,不禁让他诗意大发,遂作《太虚吟》一首,唱道:"道无形兮兆无声,妙无心兮一以贞……"

歌罢,只见林间光彩灿烂,诸多女子,貌如天仙,翩然而至。其中有一位穿着绿衣服的女子,上前自我介绍,自称淡香,小字绿花。她捧着太元杯,杯中盛着"太清神明之醴",奉给杨维桢,称此汤能增寿。杨维桢接而饮之,并作了一首词来回赠绿衣仙子。词曰:"心不行,神不行,无而为,万化清。"绿衣仙子拿来纸笔,作歌和之,歌曰:"道可受兮不可传,天无形兮四时以言,妙乎天兮天天之先,天天之先复何仙?"

正在这时,祥云消退,绿衣仙子瞬间化作一阵白烟。杨椎桢猛然醒来,方觉只是一个梦。这时,月光仍然隐隐于梅花之间,只听得小芸在喊:"凌霄芽熟矣。"

后来,杨维桢为了记录这段神奇的境遇,便写了《煮茶梦记》这篇优美的散文。

铁龙道人卧石林,移二更,月微明及纸帐,梅影亦及半窗。鹤孤立不鸣。命小芸童汲白莲泉,燃槁湘竹,授以凌霄芽,为饮供。道人乃游心太虚,雍雍凉凉,若鸿蒙,若皇芒,会天地之未生,适阴阳之若亡。恍兮不知入梦,遂坐清真银晖之堂,堂上香云帘拂地,中著紫桂榻,绿璃几,看太初易一集,集内悉星斗文,焕煜燏熠,金流玉错,莫别爻画。若烟云明交丽乎中天,欻玉露凉,月冷如冰,入齿者易刻,因作《太虚吟》,吟曰:"道无形兮兆无声,妙无心兮一以贞,百象斯融兮太虚以清。"歌已,光飙起林末,激华氛,郁郁霏霏,绚烂淫艳。乃有扈绿衣若仙子者,从容来谒,云:"名淡香,小字绿花。"乃捧太元杯,酌太清神明之醴,以寿予。侑以词曰:"心不行,神不行,无而为,万化清。"寿毕,纡徐而退,复令小玉环侍笔牍,遂书歌遗之曰:"道可受兮不可传,天无形兮四时以言。妙乎天兮天天之先,天天之先复何仙?"移间,白云微消,绿衣化烟,月反明予内间。予亦悟矣,遂冥神合元,月光尚隐隐于梅花间。小芸呼曰:"凌霄芽熟矣!"

这是一篇体现道家思想与茶道相融的代表作。作者以优美的文字把真实的场景加上梦境的虚幻,描绘出一位爱茶人缥缈而美妙的梦,构成了神仙般的美景良辰和虚幻脱俗的境地。这一切都是因为"月夜煮茶"而引起的。这篇充满妙想而赋予梦境的散文,充溢着道家思想中的自然之美,让人在现实意境里与睡梦幻想里,都把心交付于飘散着茶香的月光中,表现出作者神冥于自然的出世境界。想象中的美好与茶交融在一起,现实中的景象与幻境合二为一。景与梦,人与茶,境与思,浑然一体,共融共化在神冥自然的天地阴阳两极之中,不能不让人沉浸在道家所追求的"含道独往,弃智遗身"的精神境界,也不得不让人追随铁崖道人之梦遁入羽化登仙的静谧之中。

此文作于杨维桢老年时期,文中所透露出浓郁的超脱隐逸之情,然而,这却与作者前半生的思想信念大相径庭,欲参破其中的原因,则需要我们重新回溯那一段历史,从元代的历史变换与作者的人生遭际当中仔细揣摩、解读。

杨维桢(1296—1370年),元末明初著名文学家、书画家。字廉夫,号铁崖、铁笛道人,又号铁心道人、铁冠道人、铁龙道人、梅花道人等,晚年自号老铁、抱遗老人、东维子,会稽(浙江诸暨)枫桥全堂人。与陆居仁、钱惟善合称为"元末三高士"。杨维桢出身于官宦人家,他降生之时,他的母亲梦见月中有金钱坠入

辽金元文

怀中,继而生维桢。少时的杨维桢果然与众不同,他聪明过人,能在一天之内背诵数千言。看到儿子如此聪慧,父亲杨宏心中欣喜,推脱了一切的虚名,为儿子的学习营造了一个良好的环境。杨宏曾在铁崖山筑小楼一座,楼上置放了万卷书籍,楼旁遍植梅树,每年待梅花开时,漫山如雪,小楼掩映于梅花丛中,充溢着梅花的氤氲香气,好不惬意。父亲让杨维桢在小楼中读书,待他上楼之后,便抽掉梯子,即使是饭食也一律用辘轳传送。经过五年的专心学习,杨维桢的学业大进。为了纪念这段岁月,他自号"铁崖"。

杨维桢(1296—1370年)

辽金元文

　　泰定四年(1327年),杨维桢三十二岁时考中了进士,署天台县尹。赴任之时,父亲杨宏对儿子说:"由于国家多年的培育、祖辈父辈多年的积累、师长的长期教诲,才使你一朝金榜题名,被任命为一县之宰,你一定要尽职尽责啊。"杨维桢的确不辱父命,在天台县,他兢兢业业,执法严明,惩治了作恶多端的县吏,但却因此被报复而罢官。初入官场即遭挫折,这不能不说是对他的一次不小的打击。随后,又任职于钱清盐场。在钱清,他不时以诗酒来宣泄左迁的愤懑与壮志难酬的郁闷,尽管如此,他仍然秉持着自己的为官理念,廉洁奉公,勤奋进取。当时,盐赋过重,盐民生活困苦不堪,杨维桢为此寝食难安。他多次向上级陈说此事,期盼能够减少赋税,但江浙行中书始终不肯接纳,于是杨维桢流着泪叩首恳求,但仍然未得到应允。一气之下,杨维桢便想挂印辞官而去,直到这时,上级才勉强答应减免一部分税赋。杨维桢这样廉洁正直的官员,有的是儒者对正义的执着,缺少的则是市侩的圆滑,这样的人自然难以得到上级的喜爱。果不其然,1339年,杨维桢父母相继离世,他回乡奔赴丁忧,此后十年,始终未得到任用。这十年,杨维桢过着隐居和漫游的生活。得到这种对待,他并没有消极遁世,而是仍然保存着儒者的理想。守丧三年期满之后,他曾为补官做过多次努力。至正四年(1344年),元惠宗下诏修宋、辽、金三史,维桢急于出仕,见此机会,便上《正统辩》一文,表达自己的修史意愿。福建廉访使欧阳玄时为修史总裁之一,见杨文,击节赞赏,予以大力举荐。然而,他的修史之路却为有司所阻,认为他狷直傲物、"志过矫激"。

出仕无望,杨维桢浪迹于吴越之间。他游山玩水,遍交诗友,在山水诗文中挥洒着自己的性情。也正是在此时,他的诗艺精进,不期然间成为元代末期的文坛盟主。

后来,杨维桢又被举荐做了几任小官,始终郁郁不得其志。他心里清楚,凭他的气质与个性,很难得到上司的器重。加之元末政局动荡,农民起义风起云涌,于是他便辞掉了官职,避乱于富春山,后又迁往松江。自此,他的人生观发生了彻底的转变。之前,他积极入仕,期望能对国家社稷有所

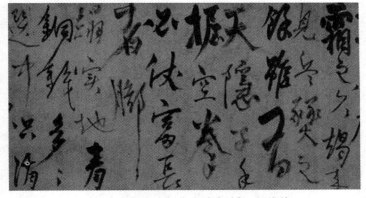

《杨廉夫书张南轩先生城南诗》 杨维桢

补益;辞官之后,他抛弃了用世之志,雅好自然,放纵性情,追求内心欲望的满足。他每日纵情山水,以诗酒声色为乐。愈至晚年,心胸愈发旷达。他曾筑亭台于松江之上,无日没有宾客来访,也没有一天不沉醉。当酒酣耳热之时,便会唤出侍儿,歌《白雪》之辞,维桢则自倚琵琶和之。座中诸位宾客则会蹁跹起舞,顾盼生姿,俨然有魏晋风流。

曲折的人生遭际与混乱的社会现实让杨维桢离他的儒家理想越来越远,晚年的他,自号"铁笛道人""梅花道人",俨然以道者自居。说起他的铁笛,这其中还有一段神奇的传说。如杨维桢自己所说,这柄铁笛来历不凡。它得自于洞庭湖中,冶人维氏子曾经在地下挖掘出传说中的莫邪宝剑,觉得没什么用处,便将其铸为铁笛,送与维桢。维桢吹响铁笛,其声音有如天籁,绝非世间所闻。宝剑化笛,好一派书生儒雅、墨客风流。

经历了半个多世纪的波折,杨维桢似乎参透了人世的悲欢离合,决意要活出一个真我。他诗酒任性,快意山林,表现着自己的真性情。于是,我们就会看到,清风明月之中,一仙风道骨的老人,焚竹煮茗,心游仙境。有时也会持一柄

铁笛,吹一曲《梅花三弄》,任笛声在林间飞扬,让心在天地之间徜徉。

　　杨维桢雅好山水,趋避世间的烦恼。于是,张士诚屡次征召不赴,明太祖召见,也终未使他成为明臣。洪武三年(1370年),杨维桢在家中逝世。死前撰《归全堂记》,投笔,说:"九华伯招我,当往。"即逝。

辽金元文